푸른
시인선
011

기
우
뚱
기
우
뚱

정현기 시집

푸른사상
PRUNSASANG

기우뚱기우뚱

서로 만나는 즐거움을 조금씩

한때 나는 잡문이라는 말을 그렇게 싫어하였다. 시나 소설 작품에다 비평이라는 글쓰기란 아주 고귀한 품격을 갖춘 금이나 은 아니면 다이아몬드 격에 드는 말꼴이라고 믿었던 탓일 테다. 그런데 이 지구에 와서 좀 오래 살다 보니 말씨의 높낮이나 격조라는 것도 실은 다 사람들이 만들어 덮어쓴 착시 계급 놀이에 지나지 않는다는 걸 차차 깨우치기 시작하였다. 모든 사람이 다 고귀한 존재인가? 자, 그렇다고 치기로 한다. 그렇다면 그들의 사는 방식에 따라 높낮이를 정해서는 안 되는 거다. 이 나라에서 꽤 오래전부터 쓰는 아주 시시한 말 가운데 선진국이니 중진국 후진국 따위 정치적 책략에 의한 말투만큼 껄렁한 말이 없다. 남보다 늘 높다고 착각하는 인생들 쳐놓고 시시하지 않은 패들이 있을까? 서양 사람들이 오래전부터 지녀 퍼뜨려온 이런 열등 우월 감정의 치도곤을 우리 모두 다 흠씬 두들겨맞은 채 비실거리고 있다는 생각이 나를 우울하게 만든다. 나는 자주 우울하다.

지금부터 까마득한 옛날 800여 년 시간 저쪽 고릿적 사람 이규보(李奎報)라는 분은 참 많은 글쓰기를 했던 분 같다. 2천여 편이 넘게 시문을 썼다고 했는데, 그도 70여 년을 이 지구에 와 살면서 퍽 심심했던 모양이다. 사람살이는 이 외로움이라는 심심함에서

5

벗어나려고 평생 발버둥질이나 치는 쓸쓸하고 불쌍한 사리들이다. 그게 내 생각이고 그걸 벗어나려고 발버둥질치는 몸짓 가운데 이 시 쓰기가 거기 들어 있다고 나는 믿는다. 나날이 일기 쓰듯 써온 시가 오늘로 3,792편이다. 그것을 쓴 날짜와 곳을 알리면서 나날의 느낌이나 생각을 나는 적어놓는다. 800여 년 저쪽에서 그렇게나 사는 일을 힘겨워한 이규보 어른님! 그가 남긴 800년 저쪽 나날의 말 쓰기는 지금 읽어도 나는 자주 즐겁다. 아하, 남들도 다 저렇게 사는 게 시시하다고 느꼈구나! 나도 그런 나날의 기록을 나날이 하루치씩 적어가고 있는 중이다. 언제 이 시 쓰기가 멈출지는 아직 잘 모른다. 그러나 아득한 시공간 저쪽 사람의 말투를 읽으며 그를 만나는 즐거움이 조금은 있다는 게 이 글쓰기의 뒷심이다. 그런 겪음을 믿고 나도 이런 시집을 다시 묶는다. 2007년도에 적어둔 시들이니 지금 보면 이것들도 다 아득한 시간 저쪽에 있던 이야기들이다.

늘 거침없이 사람을 믿으며 책을 묶어내는 한봉숙 사장을 만나, 내 두 차례 시집 『흰방울새와 최익현』을 2007년도에 내었던, 이 출판사 푸른사상사에서 또 내달라고 하자 흔쾌하게 허락한다. 그런 인연의 끈에 이어 이 시집이 나오는 거다. 사람들 만남의 끈이 이처럼 질기다는 생각을 곱게 다듬으며 늘 허허 웃던 한봉숙 사장께 고맙다는 인사를 다시 한다. 먼저 이 앞글을 한봉숙 사장이 읽으며 빙긋이 웃었으면 좋겠다. 늘 고맙다.

2018년 3월
정현기

6

제2부 시골의 겨울 아침

제3부　님은 어디 계신가

제4부 봄비가 달면 두꺼비 올까

제5부 별들은 숨을 죽이고

제6부 봄을 밟고 여름 위에 서서

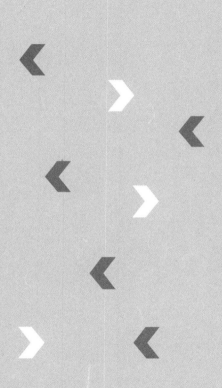

제1부

사람 머물던 빈자리

아버지 제삿날 밤의 음복술(266)

2006년 12월 21일 밤 12시 지나 아버지 드시던 술
음복으로 마시고 나니 만감이 뒤섞여 나는
아내와 막내딸 새람이 셋이 절하고 술 붓고
곡소리도 없이 미련한 부탁만 드렸다.

　요즘 새람이 심기 불편하여 말수가 없어졌고
　아내는 아내대로 정년 마칠 남편 빚 감당에 밤잠 설치는 모
양인데
　연대 정창영 총장 아무 대답도 없어 요즘 내 심기 크게 다칠라
　아버지 제발 그이를 좀 만나서 담판을 지어달라 꿈자리에라
도 나아가
　어릴 적 배가 남산만 하게 부풀어 나를 안고 아버지 하염없
이 울었다던 그
　설운 마음으로 제가 이리 못나
　아버지께도 이렇게 돌아가신 날 곡도 없이 부담만 지워드리
네요.

　지금 밤하늘은 제 별자리에 앉아 총총
　빛나건만 음복 한 잔 술에 마음만 총총
　달가닥대는 설거지로 아버지 자신 그릇들 치우느라 당신 그
며느리
　그도 음복술 두 잔을 마셨구요!

지더리지 말라고 가르치신 그 왜
사내다움 잃지 않으려 겨울 별빛 찬연한 이 밤에
그렇게 당당하고 도도하게 돌아가신 그 밤이 지금도 총총
설움을 뒤로하려 지금 씩씩한 모습으로 당신
아버지께 다시 하직 인사 올립니다.

내년 이맘때쯤 아버지
다시 뵐 때
오늘처럼 향내 짙은 먹을 갈아 다시
절하고 남긴 술 마시리다 아버지! 안녕
그렇게 안녕히 그 산 골짝 선산에 고이
잠드시기를!

———————— 🐎🐎 ————————

2006년 12월 21일 밤 12시 50분. 쪽방에 앉아 아내의 담배 피운다는 핀잔을 들으며 이 글을 남긴다. 1986년도 이맘때 돌아가셨으니 돌아가신 지 벌써 20년이 되었구나. 아버지는 내게 언제나 삶의 모범이었고 죽음도 두려운 것이 아님을 가르쳐주신 분이시다. 아아 아버지가 그립구나! 한백옥 어머니야 일러 무엇할 것인가? 오늘 내 마음을 읽고 가셔서는 울고 계시지나 않으실까 두렵다. 그리운 어머니!(266)

만두 속을 다지며(267)

매운 김치만두가 먹고 싶다.
먹고 싶어? 직접 해 드시지유!
이 소리가 아내 입에서 나오지는 않지만
아내 없는 사이 만두 속을 다지며 나는
조르즈 상드가 쓴 저 19세기쯤
프랑스 어느 농가 삶 『마의 늪』 앞부분
일소 이야기 읽다가 받은 충격을 되씹는다.

평생 밭만 갈던 한 쌍, 일소 한 짝이 죽으면
구유에 주는 주인 소죽은 거들떠도 보지 않고
짝소 멍에와 그 냄새 그리는 눈빛으로 투레질 툴툴
굶주리다가 결국
죽어간다던 저 일소와 일꾼 모습하며
도시 사람 우정론 비웃으며
그 바람둥이였다던 상드가 쓴 섬세하고 고운 사랑 이야기
오늘 매운 만두 속을 다지며 다시 생각한다.

두부와 김치, 숙주나물까지 잘 데쳐 잘게 저미다가
파를 좀 써는데 별안간 눈물이 샘솟듯 콧물조차 따라나선다.
만두 속 다지던 아내 눈물깨나 흘렸겠다는 생각에
나는 저 19세기 프랑스 농촌 마을
일소 짝 잃으면 굶어 죽는다던 가슴 아린 생각에

내 눈물샘 끝이 어디인지를 알겠다.

뜨거운 소죽 훅훅 불며
코뚜레질 딸랑이며 여물 씹던 짝소
오늘도 아직 내 마음속 부엌 한 켠에 남아
아내 부름 따라 나선다 나도 눈물 섞인
여물을 좀 씹어야겠다.

2006년 12월 22일 서하리 쪽방. 어젯밤에 아버지 제사를 지내고 나서 딱 두 잔 마신 음복술이 마음줄을 잡았는지 잠이 오질 않아 뒤척이다가 밤잠을 아예 설치고 말았다. 아홉 시쯤 잠을 자려고 청하는데 아내가 잃은 안경을 찾느라 부산을 떤다. 안경을 찾아주고 나니 잠이 또 달아나서 뒤척이다가 깜빡 잠이 들었다가 일어나 김치를 썰어 국물을 짜고 등등 만두 속을 만드는데 영 만만치가 않다. 이 마누라 왜 내가 만두 타령을 하면 상을 누비거나 자꾸 말을 피해 갔는지를 알겠다. 그것도 먹는 사람이 많아 즐겁게 먹어주는 사랑하는 식구가 있어야 만드는 데 힘도 덜 들고 재미가 있는데 글쎄 서방 하나 달랑 먹이자고 그 분주를 떨기는 좀 그렇겠다는 생각이 들었다. 그래서 그 여인의 고충을 여기 적어 내가 그걸 알았다는 흔적을 남긴다. (267)

캄캄한 밤길(268)

캄캄한 밤길
해는 지고 어두워
수원 저 먼 길 달려오는 길 캄캄하기도 깜깜
하여라
삶은 해 진 그 어둠
그렇게 밤길 그게
내 길이었다면 답답해
그래 무척 답답 가슴 캄캄.

박기동 아버지 가던 길 그 수원 영안실 성 빈센트
김정웅도 만나고 이영섭, 성낙수, 홍신선도 만났지만
원주 오는 밤길은 너무 어두워
숨도 죽인 채 버스에 갇혀 달린 길 어둠
영빈관 이 자리에 앉아
내 생애를 생각한다.

그게 만일 밤이 아니었다면
어둠도 없었을까? 아니지

앞날은 모두에게 너무 어두운 밤
카뮈가 그린 코르무리 어릴 적
선생이 밀어낸 앞날로 나아갈 삶의 어둠 그거

캄캄 아니었나?

그게 오늘 내 앞을 가로막아
가르치는구나! 삶이란 그렇게 캄캄
그거였다고, 무섭구나!

　2006년 12월 25일 밤 영빈관. 오늘은 박기동 선생 아버지께서 돌아가신 날이었다. 어제 운명하셨다니 그 어른도 캄캄한 어둠 속으로 가시었을까? 아닐까? 반가운 사람들을 만났을 때는 어둠을 몰랐는데 모르는 수원 길에서 원주로 오는 찻길은 무척 어두웠다. 김정웅과 노닥거리며 옛날을 회상하다가 그만 맥주 세 병을 마신 탓에 좀 늦었다. 그래도 그렇지 그렇게 밤길이 어둡다니 원! 내일부터 겨울학기 문학 입문 강의를 시작한답시고 여길 왔는데 적적하고 한가롭네. 내일 아침밥은 내 스스로 해결해야 한다. 가람이가 마중 나와서 쉽게 왔지만 이제부터는 내 힘으로 식사를 해결하기로 한다. 책 좀 보다가 잠을 자야겠다.(268)

새벽 어스름에 눈을 막는 어둠(269)

꿈이었나 밤 꿈
열 네 명 모인 자리 물속에서 나
쌀을 씻어 검게 한다고 씻고, 씻고 또
씻어도 쌀은 검게 되질 않고 여전히 흰 쌀
이상도 하여라 또다시 박경리 선생 댁
저 높은 산길 위에 난 그 댁
검고 험한 사내 형사 하나 들이닥쳐
술 취한 몸을 뒹굴고 있었다.

씻은 검은 쌀로 잘못되었으니 고치자
그런 거짓 명제로 우학모 이야기 이끌려 하다가
거짓은 언제나 거짓
집어치우자 하니, 잠 깨어 눈 떠 새벽 5시
아직도 밤은 여전히 어둠 속에 묻혀
밤늦게 읽은 서이자 논문 긴 글, 「문명, 가족, 사랑
행복에 대한 망탈리제 : 디즈니와 미야자키 하야오
애니메이션의 서로 다른 두 세계」,
박승옥, 「잔치가 끝나면 무엇을 먹고 살까(2)」
너무 선연한 명제들 탐욕과 권력 삶 판 어지럽히는
저 멋대로 삶들 되새기며 마음이 문을 연다.

새벽은 눈을 떠도 어둠

눈은 막혀도 마음속에 든 선연한 기억
꿈속에서 만난 이들 지금 어디서
새벽잠에 취해 있을까?

해가 신이고 생명이라니 해여
해여! 새벽 어둠을 밀고 곧 나와 내 눈
가린 캄캄 그것부터 벗겨주오, 벗겨주오!

───── ❧❧ ─────

2006년 12월 26일 새벽, 영빈관 307호실. 일찍 잠이 깨어 일어나
니 어젯밤에 꾼 꿈 생각이 난다. 이상하게도 박경리 선생 댁에서 여
럿이 모였다. 우학모 회의로 내 책임 밑에서 모인 그런 자리였나 보
다. 웬 쌀을 씻어 검게 만들었다가 '거봐라 이거 잘못된 가설이니 이
쌀을 버리자!'고 밀고나갈 가설을 세우느라 물속에서 계속 쌀을 씻
고 또 씻었으나 쌀은 여전히 희고 빛나 포기하기로 한다. 선생님 댁
에 웬 시커먼 사람이 나타났는데 형사라고 했다. 그런데 술이 취해
비틀거리더니 방 저쪽 이불 위로 올라 뒹굴고 있었다. 무슨 해괴한
꿈을 다 꾸고 일어났으나 이제부터 다시 좀 자야겠다. 그래야 오늘
부터 치를 강의 시작이 곱게 될 것이니까.(269)

원앙새들의 안경(270)

둥둥 잘도 떠다닌다 나는 그
물여울 만들며 색도 고운 새들 속삭임 소리
힘차게 젓는 물갈퀴 소리 듣는다.

당신 나를 만나자마자 안경 잃었다며?
으응 어느새 그게
아암 그렇지, 그렇고 말구
눈이 멀어야, 그게 말이지
우린 원앙새 아닌가?

❧

  2006년 12월 26일 아침 원주 연구실. 일찍 일어나 학교엘 와서 식
사를 끝내자 문득 이런 생각이 떠오른다. 원앙이들에 대해서 생물
학자들의 연구결과들을 동원해서 말도 많다. 그게 그렇게 정절이
굳은 새의 표본만은 아니라는 둥 뭐라는 둥 사람은 안 그런가? 인간
지들은 뭔데? (270)

쳇바퀴 돈다(271)

개미 쳇바퀴 돈다고?
당신은 무슨 바퀴로 도나
원주발 강변역, 다시 거기서 긴, 긴 소리 지나
인사동 그 구불구불 서리서리,
박경혜 〈프라하, 그 기억의 눈부심〉 사진전
따뜻한 방, 황홀한 눈
몇 아는 이들 인사하고 다시 돌아 인사동 발
강변역, 또 긴긴 원주 향해 어둠 뚫던 자동차 길
원주역 지나 학교 연구실 불 좀 밝히다가
다시 영빈관 이 자리에 앉으니 개미 그 참
개미도 그런 개미가 없어 보이네.

아침부터 놀란 가슴 지금도
만난 기쁨 젊은 얼굴 테들
이리저리 부딪치며 인상으로 남긴다.

개미 쳇바퀴 돌던 자국
선연하게 남아 밤길로 눈
시리구나.

2006년 12월 27일 밤 11시경, 영빈관. 어제 강호석, 정혜원 선생과 자리를 함께하여 마신 술이 덜 깬 상태로 아침 강의를 마쳤다. 열강! 정혜원 선생이 뒷자리에 앉아 있어 놀랐고, 한참 후 보니 오른쪽 뒷자리에 이은경이 앉아 있어 놀랐다. '너 웬일이야?' 드디어 흥분한 강의를 끝냈다. 배시시 웃는 은경이와 소연이를 데리고 이상준 군 차로 기와집에 가서 점심을 때우고 학생들 타는 버스로 서울로 일로 약진 이은경이 옆자리에 같이 탔다. 서울 강변역에서 지하철 2호선 을지로3가에서 3호선으로 갈아탄 다음 인사동 도착, 막 인사동으로 올라서는데 거기 시인 강은미가 있지 않나? '선생님! 제가 원주에 온 건가요?' '아니지.' '너무 희한한 만남이네요!' 그래서 이 시인을 끌고 갤러리 룩스에 들려 박경혜 선생 〈프라하〉 사진전을 보고 배가 고파 설렁탕 한 그릇 뚝딱 비우는 사이 은미가 와서 돈을 낸다. 김호근, 양진, 홍성만 선생들을 만나 이야기 나누다가 급히 서둘러 위 글처럼 여기 영빈관에 안착하였다. 개미가 쳇바퀴를 돈다고? 그건 거짓말이다. 사람이 그렇게 빙글빙글 제자리를 돌 뿐이지!(271)

사람 머물던 빈자리(272-1)

바람결처럼
사람도 세월도 지나간다.

사람 머물던 빈자리
김인경 그 사람
내 가슴 텅 빈 채
시방 내 마음엔 도무지 종잡을 수 없는 사람
그리움
빈자리에 가득 차 고이네!

2007년 1월 1일 저녁 영빈관. 겨울학기 강의 때문에 저녁답에 여길 왔다. 지난주 그러니까 2006년 12월 28일 목요일 저녁 학생들과 막걸리 마시기로 한 날이었는데 윤덕진 교수가 담가놓은 막걸리가 잘 익어 15명 학생들과 '기와집'에 모였다. 조선대 조소과 김인경 교수가 그 친구들 김승진 화백과 또 한 친구를 데리고 윤덕진 교수를 만나러 들이닥쳤다. 윤덕진 교수의 저 깊고 따뜻한 마음속을 누가 알랴? 의리와 성의를 다하는 걸 고운 사람 윤덕진 거기에 김인경이 끼인다. 그는 와인 한 병에 그윽한 마음을 담아 김인경 술을 마셨는데 윤 교수 댁에서는 넷이 잘 수가 없어 내 영빈관엘 김인경 교수가 왔다. 1시 반까지 이야기꽃으로 마음을 나누다가 잤는데 아침 일찍 강의가 있어서 연구실로 이이를 데리고 가 햇반에 국을 넣어 끓인 식사로 대접하여 보냈는데 설악산 어디인가로 달려갔다. 분명 사찰을 찾아 나선 길이었을 터이다. 꿈결 같은 만남이어서 어리벙벙하지만 그래도 너무 아름다운 인연이어서 그립다. 지금도 또 그리워!(272-1)

사람 머물던 빈자리 (272-2)

'

사람 머물던 빈자리
사람도 세월도 거침없이 그렇게
훌훌 떠나가버리고
지금은 그가 머물던 빈자리만 하얗게, 하얗게
언제 그랬느냐 언제 왔느냐
지금 내 옆 빈자리에서 그는
담양 어디 대나무 숲 그늘진 집
숨 쉬고 있겠네.

시방 나
김인경 그 사람 머물던 그 빈자리에 앉아
마음 빈 그리움
하염없이 채우네!

2007년 1월 1일 영빈관. 저녁이다. 내일 강의가 첫 시간부터 있어서 오늘 여길 와 앉았다. 지난 2006년 12월 28일 목요일에는 학생들 15명과 기와집에서 저녁식사 겸 막걸리 먹는 날로 정해놓았더니 윤덕진 교수가 막걸리 두 말을 담아놓았다. 조선대 김인경 화백이 그 친구 김승진 선생과 또 한 사람 생물 선생(윤 교수 동창생)과 함께 들이닥쳤다. 얼마나 퍼 마셨는지 원! 잠자리는 김인경 교수가 이 방에 와서 밤늦게까지 이야기꽃을 피우다가 잤다. 아침 일찍 일어나 연구실로 함께 가서는 햇반으로 식사를 때웠다. 미안! 김 교수는 설악산 어디인가로 횡하니 가버리고 나는 그 주 강의를 마치고 광주 집에 갔다가 오늘 다시 온 거다. 빈 침대가 마음을 사로잡아 이 흔적을 남긴다. 그가 그립다! 이 글은 두 번째로 쓴 것이다. 디스켓에 넣었더니 날아간다. 고약한 기계!(272-2)

번데기의 꿈틀댐(273)

이불 속의 너 번데기
너 어제까지 넉잠 자던 그 달콤한 잠 꿈
누에였다며? 말갛게 몸 맑히던 네가
희고 고운 이불 입으로 불어 올 올
너를 감아 그런 고치로, 고치로 덮어
결국 너를 묶던 그 실 이불 속 번데기
누에 씨로 고물거리다가 온 산 뽕잎 다 먹어 버석거리며
먹고 자고 잠자던 그 몸
속에는 날개도 살짝 말아 멘 번데기
그래도 너는 꿈을 꾸는지?

이불 속에 몸 굽혀 누운 너의 모습
갈데없는 번데기 꿈틀댐
어제 그렇게 말갛게 삶을 되새기더니
오늘은 꼼짝없는 누에고치로 묶여
지붕 뚫고 나방이로 바뀔 날 꿈꾸다가
펄펄 날지도 못할 누에나방아!

어젯밤 잠자리 속에 너는 갈데없는 번데기
온 산 뽕잎 그리며 뒤척뒤척
퇴화한 날갯짓 깊은 한숨 짓더니
비단 사루마다 입고 동경 거리 활보했던 변영로 눈길 따라

네 이불 그렇게 동경 바닥에서 버석거리는
비단 자락으로 펄럭거렸구나!

너는 날지도 못하는 나방이 날갯짓 하나
비단 짜 번쩍이는 욕망
사람들 실꾸리로 바뀌어 내는구나!

어젯밤 잠자리 너는 갈데없는 번데기
넉잠도 제대로 못 잔 누에 번데기였더구나!

———— 🎐 ————

  2007년 1월 3일 연구실 책상 앞. 좀 졸리다. 오전 강의 세 시간 끝
내고 정혜원 선생과 점심식사를 마치고 여기 오롯이 앉았는데 어젯
밤 자다가 문득 내가 벌레 같다는 생각이 들었다. 그것도 겨울잠 자
는 벌레. 날지도 못하는 누에나방이 바로 그놈이다. 내가 꼭 그놈을
닮았다는 생각이 들었는데 그 내용에 대해 너무 큰 기대를 하여 그
걸 시로 써보려니까 아주 안 되는 글이 돼버렸다. 일단 두고 다시
보기로 한다.(273-1)

번데기 너도 꿈틀댄다며
네 몸 감는 고운 실 잣던 네가 거기 묶여

하릴없이 이불에 갇혀
넉잠씩이나 잔
누에 몸 말갛게, 말갛게 고치 실 잣다가
결국 날지도 못할 날개 지닌 번데기 너로 꿈틀꿈틀
뜨거운 물에 빠지지 않아도 너는 번데기
한때 너는 온 산 뽕잎 다 갉아 버석대며
산 하나 다 먹어치우던 대식가로 잠깨나 즐기던 너
이제 그 고치 속에 갇혀 꿈틀거리며 무슨 꿈 꾸나?

나 어젯밤 고치 꼴 이불 덮인 채 너 번데기 되어
변영로 비단 사루마다 입고 동경 거리 활보하였다던
그 말 비단 꿈꾸며 꿈 좋은 꿈
잔뜩 살 그 하룻밤 번데기 꿈틀댐
뒤척이며 뒤척뒤척 아아 나는 번데기였다.

━━━━━━━━━❧❦

2007년 1월 3일 연구실. 앞에 쓴 시가 마음에 안 들어 이렇게 다시 그렸다. 또다시 지켜볼 일이다. 낮꿈 꾸는 매덕질!(273-2)

가족사 자리바꿈(274)

밥상머리 둘러앉아 식구들 밥 먹던 풍경도 언젠가 있었다.
상 세 귀에 뿔 돋기 전으로 돈을 벌라고 은근히 부추기던 어른도 가고
식구! 이것이 서로를 핥는 사랑의 둥지였던 때 그 눈길만으로도 그윽한 상 자리
바람 몹시 불던 날 어른들은 하나둘씩 저 산모롱이 안개 낀 늪으로 사라져 아득한
가족은 언제부터 천천히, 천천히 그렇게 천천히만도 아니게
의리 내세워 무서운 결의하던 도둑 무리들
국민 이름들깨나 팔아 챙기던 정치패들 무슨, 무슨 여론 몰이패들
대기업 노동자들 등쌀깨나 몰아대던 재벌 이익 패밀리 떼들 그렇게
천천히, 천천히만도 아니게 가족은 자리바꿈한다.

개나 토끼만도 못한 이름으로 전락한 가족
개 고양이 토끼들 자식 삼아 일구월심
동반 가족 사랑, 사랑 쪽쪽 잘들도 빨고 빨며
사람은 이미 짐승 격 아래로 떨어져 너도 나도
쪽쪽! 엄마 아빠 다녀올 동안 집 잘 보렴, 으응, 으응 쎄리야!
매리야!
이름조차 음험한 서양 이름 패찰 개 고양이

가족은 식구도 아니고 사랑 낳던 보금자리도 아니고
알알이, 알알이 흩어지고, 흩어지고 핵가족, 핵가족
그 무시무시하다고 트집 잡던 원자핵, 핵가족으로 만들어 대
가족 깨어 부수고
장사 속만 챙겨든 대기업 가족, 제국 가족, 가족사 면면히,
면면히

가족사 자리바꿈으로 사랑도 미움도 기쁨도 즐거움 모두
잘들 팔아
팔아 사고 삶의 검은 물결 출렁출렁
거들먹거리는구나 팔아 팔아먹어!

찌그러진 사람 가족사의 가족사
사람 문명 이미 찌그러지고, 찌그러지고, 찌그러지고
찌그러질 대로 찌그러져 짐승판으로 자리바꿈 자리 바꿔
자리들을 바꾸는구나!
호오이, 호오이 호 호 호 호오이!

2007년 1월 7일 서하리 쪽방. 일요일이어서 원주에 갈 준비로 마음이 좀 바쁘다. 어제 내린 눈으로 길이 좀 미끄러울 판이고 날씨도 좀 추워져서 얼음들이 군데군데 깔렸을 터이니 자동차인들 안온할지 궁금하다. 그래서 마음이 좀 궁색해진 거다. 옆집 현정이가 정유정 양과 함께 집에 온다고 하였다. 저 먼 길 일산에서부터 온다는 정유정(성균관대학교 국문학과 4학년 학생) 생각하니 마음이 더욱 바쁘다. 요즘 애완용 짐승 기르는 문제로 사회문제화한 내용을 어젯밤 방송에서 길게 방영하였다. 평소에도 이 애완용 짐승들 때문에 사람들의 말 쓰기 원칙을 망쳐놓는다고 한심하게 생각하였는데, 아니나다를까 문제가 아주 심각한 병폐로 이 문명이 병들어가고 아니, 이미 깊이 병들어 있음을 알겠다. 모두 제국주의 등 탄 자본주의가 만들어놓은 질병이다. 아니 사람의 사람됨이 깊이 병들어 그런 것이겠지!(274)

벼룩이 간에 대한 명상(275)

벼룩은 뛴다. 펄쩍펄쩍 꽤 높이 펄쩍
그래도 그놈은 작아 잘 보이지도 않는다.
이불 틈 사이에서 놀다가 배고프면 사람들 옆구리
아무 데나 물어뜯어 살하고 피를 좀 먹고 지구 둥근 지구
이부자리 속 어디쯤 보금자리 만들어 새끼도 까고
그러다가 들키면 뛰고, 뛰고 눈 넘어 구석으로 숨는다.

그런 벼룩의 간을 내어 먹는 사람이 있다 한다.
그 간 말고 빈대 간도 있고 이 간도 있는데 하필
왜 그 벼룩 뜀뛰기 선수나 되는 듯이 펄쩍 뛰는 벼룩
간이 맛깨나 있나?

왜 사람들은 야지잖게 가난한 사람 주머니 털어 배
배불뚝이 된 사람 벼룩 간, 간깨나 노린 천격으로 불러
빈대 간도 말고 벼룩이 간 빼 먹는다고 놀리나?

빈대 간은 지금도 비싼 값으로 저 이라크
중동 지역 어디쯤에 펄쩍펄쩍 뛰는 벼룩 간
깨나 뜯겨 피 흘리고 있다 하네!

벼룩 간 먹다가 다친 사람도 꽤나 있다 하지?
벼룩, 벼룩이! 간 조심해하겠네!

2007년 1월 7일 일요일 점심나절 쪽방. 최현정이 온다고 해서 기다리고 있는 사이 그저께부터 생각하던 벼룩 이야기를 이렇게 바쁜 마음자리에서 써둔다. 벼룩이 간들 내어 먹은 사람들이 이 지구를 다 망쳐놓겠지. 벼룩이 간 숨기는 눈이라도 좀 더 왔으면 좋겠네.(275)

슬픔의 강(276)

네 얼굴 왜 그리 눈물 자국 마를 날 없나
이라크 아이들 미국 포탄 맞아
몸 갈가리 찢긴 아들, 어머니 얼굴 일그러짐 그리나
아우슈비츠 저 험악한 굴뚝 땔감으로
익다가 녹은 참혹한 인생 그리나
저 지난날 광주 5·18 광장에서 총 칼부리
허리 찔리고 머리 터져 죽어간 저들
피바다 이루던 아우성 소리
임진년 왜놈 총칼에 죽어간 300만 조선 백성
원혼들 우는 소리 귀 막느라 너
반레가 쓴 소설 속에서 그렇게들 죽어간 월남
미국이 신석기 시대로 만들어주겠다고 퍼부은 포탄
그 장난기 어린 악행 그리며 몸서리쳐
얼굴 내 천 자 그리며 눈물 샘솟나?

네 우는 얼굴 눈물의 강물
누구도 그냥 넘기지 못할 슬픔
아아 뼈아프게 저리게 심장 뛰게 펄럭이며 뛰게
조용한 가슴 저미네!

2007년 1월 7일 일요일 밤 영빈관 307호실에 왔다. 저녁. 내일 9시부터 강의를 해야 해서 여길 이렇게 와서 다시 백운산, 용의 품에 안겼다. 연구실에서 싸 온 김밥으로 저녁식사를 때우고 나니 나른하고 좀 졸립다. 오지게 잠도 많지! 온 천하 여인들 모두 어딜 갔나? 학교도 조용하고 영빈관도 조용하다. 마침 김한성 교수가 와 있어서 시집을 주었다. 세종대학교에 어제 갔더니 그곳에서 쫓겨났다가 복직한 미대 교수가 말하기를 정현기, 김정수, 주채혁 교수들을 복직시키는 것으로 알려졌다고 전한다. 김정수 교수에게 이 말을 전했다.(276)

김소월과 김동리, 서정주, 김현의 산유화(277)

'산에는 꽃 피네
꽃이 피네
갈 봄 여름없이
꽃이 피네 –

산에
산에
피는 꽃은
저만치 혼자서 피어 있네'

소월 김정식이 노래한 산유화
산에 핀 꽃노래 흥에 겨워 부른 꽃노래
저만치 혼자서라
왜 저만치이고 너도 그도 저도
혼자냐 묻고, 묻고 또 묻고, 묻고 답하여
중얼중얼 웅얼웅얼 잘들도 웅얼댄다.

신라 적 헌화가에도 꽃은 언제나 늘
저만치 높은 산꼭대기 구름 덮인 산
홀로 피어 여인 눈 끌었고
천야만야 눈높이 꽃은 피어
노인을 유혹하였다.

2007년 1월 9일 밤 화요일 새벽 4시 영빈관 307호실. 어제 10시쯤 잠이 들었는데 일어나니 새벽 3시 40분이라. 김윤식/김현『한국문학사』를 펼치니 김현이 쓴 김소월의「산유화」론이 눈에 띈다. 일찍이 김동리 선생이 이 시에서 '저만치 홀로 피어 있네'에 눈길을 주고 한 해석에다 서정주도 덧붙여놓았다. 그것을 이 김현이 인용하였다. 그런데 툭하면 서양 철학자들 이야기에다 꿰어 맞추는 그의 논법이 눈꼴시도록 웃긴다. 이를테면 김소월의 시론「시혼」이 플라톤주의의 영향을 받았다는 풀이도 그렇고 그가 '절대에의 탐구'를 포기했다고 평가한 송욱의 이론을 빌려다가 소월 시를 해석한 내용도 영 마음에 들지 않는다. 모두 웃기는 잣대 대기일 뿐이라고 내겐 읽힌다. '민음사' 판본 이 책 제4장에서 1, 2, 3, 4절까지의 내용 가운데 143쪽부터 시 해석이 들어 있는데 이상화에 대한 것도 내가 보기에는 엉터리이다. 「나의 침실로」론이나「빼앗긴 들에도 봄은 오는가」해석도 서양 낭만파 시인들의 글쓰기 잣대를 들이대어 무턱대고 내지른다. 웃긴다고 생각하여 여기 그렇게 적는다. 내일 강의에서 이 이야기를 좀 해야겠다. 부분만 그럴듯하고 전제가 틀렸다는 생각! 오늘 아침에는 세종대 국문학과 주경희 교수와 통화하였다. 우리들이 그 학교로 가는 것처럼 공식으로 논의 중이라는 이야기였다. 옛 제자 주경희 교수!(277)

산(278)

산에 들고 싶다
메아리치는 뫼
그 산
깊은 골짝마다 샘을 숨긴 저
산
꽃들이 피면 서둘러 향기 따 모으고
새들도 노래로 노루 산양들 풀 뜯게 하는 산
향기 그윽한 금잔옥대 꽃받침 노을 지던
나무와도 교접하던 저기 있는 산
햇볕도 안아담고 달과 별들의 눈짓 읽는 산
저 너머 또 산 그 너머 또 산
나 그 산에 들고 싶다.

2007년 1월 10일 수요일 아침 매지리 연구실. 아침에 일찍 일어나 창밖을 보니 산은 어두운 구름을 덮고 하늘 금(스카이라인)이 아련하게 터져 있다. 저 백운산을 다녀온 적이 없어 윤덕진 교수로부터 듣기만 한 저 산이 여기 내 삶을 있게 하였음을 알겠다. 어젯밤도 윤동주 시비의 불이 꺼져 있는 것을 보았고 아무도 윤동주에 대해 관심이 없는 것도 확인하였다. 이 일을 어째야 할지 막막하다. 내가 떠나고 나면 그뿐 적막해질 저 산도 윤동주 시비도 모두 마음에 걸리는 물상들이다. 어젯밤에는 리기용 교수와 윤덕진 교수 정대성 박사(헤겔 전공을 한 뛰어난 선생이라 했다.)와 함께 기와집에 가서 돼지고기를 구워 막걸리를 마셨다. 내 날개론을 깊이 읽고 리기용 박사 그 이론을 좀 더 활력적으로 보완하라고 일러준다. 고마운 충고, 박이문 교수가 내놓은 둥지론보다 이 날개론이 훨씬 생생하다고 했다. 날개라! 좋다. 더 생각해보자!(278)

밤(279)

밤은 홀로 온다.
진주군보다 먼저
별들이나 초승달 만월 밝은 문신 눈 번쩍 뜨이게
거느린 밤, 밤
그 점박이들로 휘황하지만 두렵게
밤은 어둡게 제 발로 온다.

내 삶의 몸에 박힌 별 문신들보다
검은
어둠 동네방네 다 퍼져
내 몸 언저리에 덮였구나,
그래!
어둠에 싸인 한낱
나는 별이고 문신이다.

2007년 1월 16일 화요일 낮. 서하리 쪽방에 홀로 남았다. 아내는 중국으로 8시 반쯤 떠났고 새람이는 천호동까지 실어준 다음 오고 있다. 어제 연세대 계절학기를 마지막으로 다 끝냈다. 기말고사를 치르고 오랜만에 기차를 타고 청량리에 내렸었다. 집에 와서 새람이와 맥주 서너 병을 종강 기념으로 마시고는 구연상 박사와 윤덕진 교수의 전화를 받았다. 구 박사는 자기 이야기를 쓴 소설 작품 읽어보라는 내용이었고, 윤 교수님은 내게 마지막 강의 끝낸 서운함을 전하려고 하였다. 내 두 번째 시집 『흰 방울새와 최익현』이 먼저 것보다 낫다고 격려한다.(279)

천안문 광장(280)

천안문 광장에 내 아내 서 있다.

제대로 들어가지도 못한 채
서성거리며 두고 온 남편과 막내딸 그리며
천안문 광장

거기는 인민들이 피땀으로 쌓아올린 문 안과 바깥
내 아내가 서성거리며 남편 그리던 그 바깥

늦은 밤 전화로 울린 천안문의 저 웅장한 허세
천안문 광장이 별안간 내 머릿속으로 쏙
들어와 멀리 간 아내 모습 눈에 밟힌다.

———— ❦ ————

　2007년 1월 17일 화요일 밤 1시 서하리 쪽방. 아침 일찍 중국을
향해 떠난 아내가 하루 종일 소식도 없이 꿩 구워 먹었다는 그런 은
유 직유, 환유 따위로 속을 썩였다. 새람이와 맥주를 마시면서 이런
저런 이야기로 궁금증을 달래는데 전화가 왔다. 중국 공항에서 늦
게 나타난 엄마를 데리고 바로 천안문인가 어딘가로 갔다고 한별이
소식 전한다. 거기가 중국이니 천안문도 있겠고 경극도 있겠지! 오
늘 밤 어둠은 서하리에도 내리고, 중국 천안문에도 내렸겠지! 계절
학기 성적 처리도 잘 끝내었으니 한잔 걸치고 슬슬 잠자리나 볼까
어쩔까 밤은 왜 이리 어두운지 원!(280)

기우뚱기우뚱(281)

지구가 둥글어 기우뚱기우뚱
사람들 믿음이 모질어 기우뚱기우뚱
왼쪽 오른쪽 기우뚱기우뚱
온 세상 미국 쪽으로 기울어 기우뚱기우뚱
극우파 남한파 미국파, 극우파 일본파 기우뚱기우뚱

가슴 답답 저 어리석은 광신파 기우뚱기우뚱
아침에 읽은 한승동 「일본의 '바보' 증세와 동북아시아의 평
화」 속 바보
기우뚱기우뚱 이긴 자들의 바보질병 바보 기우뚱기우뚱
지구가 점점 기울어져 기우뚱기우뚱

지구는 결코 둥글지가 않다.

내 발바닥이 그걸 안다.
바보 천치, 미국 거기 붙어 기생하는 숙주
가슴속에 불이 일어 불이 일어 기우뚱기우뚱!

2007년 1월 17일 수요일 아침 서하리 쪽방. 새벽에 눈이 떠졌다가 다시 자다가 한승동의 『녹색평론』의 글 읽다가 아침을 맞았는데 인터넷 신문들 기사들을 읽으니 고법 법관 누구를 석궁으로 쏜 성균관대학교 수학과 김 모 교수 이야기들, 일본 야쿠자 두목 딸이라고 으스대며 돈을 빼앗은 여자 이야기 따위 쓰레기 이야기들이 골을 때린다. 법조계의 우스꽝스런 행태도 그렇고 대학교 행정의 불의와 굳은 고식 행위 따위가 마음을 옥죈다. 어제는 주채혁, 김정수 교수들이 세종대학교에 대한 불만과 복직 거부 이야기들로 마음이 뒤숭숭했는데 오늘도 그렇네! 삶 판 더럽기가 돼지 똥보다도 더하다!(281)

제 2 부

시골의 겨울 아침

몸에 든 것들의 몸바꿈 — 날개(282)

몸에 든 날개로 나르는 것들 자연히 하늘과 바다
서로 마주 보는 날개로 눈짓 나누고, 나누고
봄빛 날개 펼 때 여름의 지루한 날개 퍼득퍼득
여름 무성한 낮달 띄울 때
가을의 저 풍성한 날갯짓 곡간들 차곡차곡
겨울의 아늑한 화로가 불 뜸으로 씽씽 불어 젖히는
찬바람 막을 불 날개

푸르른 창공, 휘젓던 수리에서 뱁새 신천옹까지
모든 몸은 날개를 달고 난다
모든 몸은 저저끔 날갯짓으로 한 시절

난다 긴다 하는 말 아아
나는 이겼노라 이겨 이긴 날갯짓 무성하게
긴 날개라고 맘껏 휘젓고, 휘젓고 그러다가
맴돌이로 여울져 거품 흐르는 날개

날개는 너와 나
이름 붙어 부르고 부르는 너와 그
서로 사는 존재함 몸으로 살아 나르는 두 깃
홀로 쓸 수 없는 별똥별 같은 것

힘든 날개 쉬는 밤에도 몸은 날개
고이 접어 몸을 사린다.

드높은 하늘 날기 위한 날개
너를 위한 날개
오늘도 너는 날개를 접고 먼 하늘을 본다.

2007년 1월 19일, 금요일 밤 서하리 쪽방. 새람이와 시집 보낼곳 주소를 써서 56명에게 부쳤다. 우표 값이 모두 7만 2천 원 들었다. 지난 주 원주에서 부친 것들까지 100권 정도 부쳤나 보다. 모두 부질없는 알림이지만 그래도 알리고 싶은 분들에게는 대강 보냈다. 200부를 받았는데 한봉숙 사장에게 면목이 없다. 이 책이 팔릴 리는 없을 터! 무언가로 갚아야 할 것이다. 새람이가 준비한 닭도리탕으로 저녁을 때우고 앉아 중국에 간 아내를 생각한다. 잘들 지내고 있겠지. 새람이는 영어 과외 학생이 생겨 나갔다. 과외 첫날이다. 불쌍한 것! 새끼들은 움직이는 것 자체가 슬픔이고 아픔이다!(282)

변두리 사람 그리움 (283)

변두리 밭두렁 그리움의 강물
서리서리 안개 감기고
버림받는 두려움이 그리움이다.

먼 곳 가까운 저 그곳
시시때때 생각나는 이
행여 버리시나 나 잊으시나 두려워
그리움 산 높이로 쌓이네!

백두산에 두고 온 천지 푸른
너비도 높이도 내 가슴 서린 그리움
덮지를 못하네!

그리하여 안으로, 안으로 몸들 웅크리고, 웅크리고
아아 웅크리고!
그렇게들 옹송거리는구나!

2007년 1월 20일 토요일 서하리 아침 쪽방. 내일이면 중국 간 아내가 오는 날이다. 마침 내일은 이은경이가, 군대 가 있는 김민섭 군이 휴가차 나와서는 나를 보러 오겠다고 하여, 같이 오겠다는 통기가 왔다. 김지연이와 김혜연이에게도 연락하였더니 혜연이만 오겠단다. 오늘은 이주삼 교수 딸이 시집가는 날이다. 거길 들러서 인사동 민정시찰과 고미숙 선생을 만날까 하고 김명숙 씨에게 전화하니 어머니 댁에서 동생들과 저녁식사 하겠다는 약속이 잡혀 있다고 한다. 나는 언제나 뒷전이다! 하기야 그게, 그야, 그렇지! 내가 욕심이 많지, 모든 사람 일정을 내 것으로 바꾸려고 하니 나쁜 놈이지! 아내가 드디어 온다! 그가 없으니 정말 모든 게 비워짐을 알겠더라. 그래서 이렇게 시로 쓴다.(283)

겨울새 똥에 대한 명상(284)

겨울새 똥 어디서 보시나요? 새들도 겨울 밥상머리에 앉아 노래하거나 그리움으로 운다. 앙상한 나뭇가지 위 밥상 앞에 의젓하게 앉아 갈긴 저 검푸른 겨울새 똥, 내 딸 자동차, 빨간 색 보닛 위에 깔긴 분화구 같은 겨울새 똥, 보며 겨울새들의 밥상에 놓인 음식들을 생각한다. 겨울새들도 여전히 노래하고 누군가를 꾸짖거나 재촉하지만 모두 그들이 먹고 마시던 밥상에서 만든 음식물 쓰레기, 바짝 마른 열매, 주름진 껍질, 그곳에 든 굳은 씨앗이며, 소화시킬 만한 영양가란 별로 없어 보여도 그들은 여전히 힘을 내어 노래한다. 아니, 그게 노래는 아니고 슬픔이 길고 찬 겨울 깊던 가난 타령이었을까?

삐액 빽, 삐액, 삐삐 삐액 빽, 비록
수북한 씨앗알갱이와
말라버린 껍질 섞은 똥 갈겨도
나르던 날개에 기죽이지 말라고 너희들 삐액 빽
힘차게 나르며 깃들을 비비는구나!

겨울새, 겨울새들도 식사들은 하고
식사한 그만큼씩
똥들을 갈겨
이 겨울 깊은 밤
시름하는 시인 세월 물레 굴리며 한숨짓듯

힘차게 들이고 내고 하는구나!

겨울새들은 나무 위에서 똥을 눈다.

아주 열심히 나르고 열심히 노래하며
나무 위에서 똥을 갈긴다. 잘도 갈긴다!

2007년 1월 22일 월요일 저녁 서하리 쪽방. 그저께는 서울 행보
가 좀 늦은 밤으로 이어졌다. 구연상 박사와 인사동에서 만나 막걸
리로 시작한 술판이 김명숙 씨가 남겨둔 양주 한잔, 정찬 선생과 다
시 만나기로 하여 대학로 '호질'로 진출하였었다. 늦게 나타난 김명
숙 씨와 경찰 김영화 씨와 함께 술깨나 마셨는데 그래도 겨우 집에
오니 새벽 2시였다. 나른한 몸이었지만 그래도 어제 입대한 김민섭
군과 김혜연, 이은경 들이 와서 좀 거창한 불판 구이로 혜연이 들고
온 포도주를 홀짝거렸더니 오늘 몸이 좀 무거웠다. 어제는 중국에
갔던 아내가 감기를 몸에 싣고 돌아왔다. 쿨룩쿨룩 밤새워 쿨룩거
린 사람, 새람이 방에 드나들어 잠을 못 이루겠다는 서생원들을 좀
내보내거나 아예 없애버릴 뜻으로 끈끈이를 좀 사 왔다. 오늘 밤 천
장에 제멋대로 들어와 날치는 쥐들도 좀 조심해야 할 게다.(284)

봄동(285)

너 찬 눈비 맞아 깊은 겨울 밤
언 손을 호호 불고 있구나!

모든 야채들 비닐집들로 숨어들거나
황량한 들판 빈 밭 앙상한 결빙 설산
얼어붙은 그 흙 언 자리 피해
기계 통속 김장으로 몸 바꾸어 편하게 익어가고 있어, 너만
호호 후후
언 손 불며 찬바람 맞고 있구나!

시래기로 죽어 널브러진 네 동족들은 다
어디론가 이리저리 끓는 국솥 떠돌 때 너만
차디찬 겨울 벌판에서 손나팔 불며, 불며
어는 몸 덥히느라 숙인 고갱이조차 목이 아프겠구나!

너는 혹독한 겨울 찬바람 이긴 봄 동
무심한 부인들 서늘한 손길로 사라져 드는구나!

몸 추위 견딤으로 너 이제 꽤나
사람들 사랑깨나 받겠구나!

2007년 1월 23일 1시 50분(화요일) 새벽 서하리 쪽방. 그저께 장엘 가니 봄동 배추라고 소리소리 지르며 야채를 파는 사람이 있었다. 자세히 보니 그건 봄동 배추가 아니었다. 그 배추는 몸피도 짧고 추위에 하도 옹송거려 잎들도 오돌오돌한데 장사가 떠드는 손끝에 놓인 배추들은 채가 좀 작지만 봄동 배추는 분명 아니라고 나는 생각하였다. 종자만 그런 종자이고 모진 겨울 추위를 이긴 배추는 아니라, 그런 사람들은 또 얼마나 많은가? 민중을 위해 이 한 몸 바치겠다고 소리치던 사람들이 정치판에 나서서 저지르는 더러운 뒷거래 이야기가 얼마나 사람을 곤혹스럽게 만드나 원!(285)

호통, 잘못된 호통소리(286)

목소리 이미 굵어져 팰 대로 팬 머슴아
다리에 털도 숭숭, 어느덧 몸짓 하나하나 느끼한 발길
정액 냄새 풀풀 피우던 사춘기라 불려지던 형들
꼬맹이 아이들 모아 마주 세워 뺨치기, 뺨치기
누가, 누가 더 센가, 센가, 아픈가, 아픔 잘 참나

그런 실없는 장난 보며 낄낄낄 잘도 웃었지
지금도 지구 곳곳 방방
목소리 굵고 정액 냄새 풀풀 풍기는 머슴들
뺨치기 장난질들 즐기고 있어 즐겨!

종소리 나고 선생 들어와 호통 쳐 가로되 누군가 누구
뺨자국 선명한 두 아이 몰아세워 또 뺨때기 갈기는구나 갈겨
그게 무슨 선생이라고 호오, 호오

가끔씩 서양 패들 문학사 들먹이며 시인
시인 곧 아버지라, 바테스라 불렀다지, 불러
그런 호통깨나 지르던 아버지 당신
잘못 지른 호통으로 쩌렁쩌렁 복도에 요란한
고함소리 오늘도 어제도 이 책 저 책
빙긋빙긋 웃음소리 불러 구역질만 울렁울렁

눈살깨나 찌푸리게 하는구나!
해, 너무 너무!

─────◆◆◆─────

2007년 1월 24일 수요일 아침 서하리 작은 글방. 어제 23일에는 오후 3시 30분경 서은경 선생이 몰고 온 자동차를 타고 원주엘 갔다가 그 차로 되돌아왔다. 홍업면 소재지 근방에 있는 오리고기집 '홍부네' 집에 모여 대학원생들과 동문, 교수들이 모여 푸짐한 두부구이와 막걸리로 한 순배 먹고 나서 오리고기를 구워 배불리 먹고 마셨다. 일본에 갔다 온 노대규 교수, 김영민 교수, 문화예술대학으로 학제가 개편되면서 첫 학장으로 임명받은 윤덕진 교수, 그리고 장차 서울시장이 되겠노라고 호언하는 예쁜 막내딸을 사랑하는 임성래 교수, 양정석 교수 모두 모였다. 2007년 신년하례 모임이었다. 조교장 이상준 군이 사회를 보면서 즐긴 그런 공식 모임 참석은 이제 나는 마지막 자리이다. 오태권 군, 구장률, 이유미 부부, 가람이 고훈 부부, 최용신, 배정상, 손동호, 김정한, 이승윤 박사, 이혜진, 반제유, 등 국문학과 전사들 모두가 모였다. 나는 그런 곳으로부터 이제 영원히 퇴출이다. 늦게 집에 도착해서 나와 새람이는 와인과 산삼주(이 술은 특별히 나만 마셨지만!)로 서은경은 감잎차로 목을 축였다. 실은 나도 많이 취해 잠이 들었다. 정종대포를 또 한잔 마셨으니까!

그래도 오늘 아침에 일어나 서하리 이 방에 앉으니 안온하고 평안하다. 아침식사 준비를 내가 시작하였다. 쿨룩이는 아내를 눕혀 둔 채 콩나물을 다듬는데 그 머리에 씌워진 콩껍질 벗기기에 무척 시간이 걸렸다. 문득 아이들 뺨때리기를 시키던 큰 아이들 생각이 났다. 고약한 심심풀이가 도처에서 진행되고 그걸 적는 시인들도 별로 잘 보이지가 않아 이런 글로 아침 자리를 채운다. 심심하니까!(286)

코미디(287)

병신 짓 만들어 몸 비틀거나 히히 허허
코미디언, 코미디언
지식사회 움직이는 코미디
바보, 무기질 바보, 너도 나도
각 전문 코미디들 대학사회
잡고, 다잡고 웃기는 일 잘도, 잘도
하하 허허 히히
오늘도 청중들 잘도 웃긴다, 웃겨!

2007년 1월 26일 금요일 정오 서하리 글방. 어제는 정릉 전 병원
에 들러 혈압약 처방 받아왔다. 혈압 130에 80 정상이라 한다. 외
대 이상빈 박사를 불러 인사동에서 한 방울씩 하기로 하고 북스에
서 하는 마광수 그림 전시를 보러 갔다. 〈색을 벗긴다〉 이름조차 야
하지만 너무 뻔한 이야기를 글로 그림으로 옮겨 별로 재미가 없어
보였다. 마침 김지연이 시집이 나왔다 하여 불러내었다. 김인경 박
사도 불러 이상빈 박사와 인사를 하였고, 디자이너이자 시인 지망
생인 민경옥도 학교에서 인사동엘 와서 합류 조금 마시다가 남편
이 불러 일찍 보내었다. 말잔치와 술잔치 그걸 참 오랜만에 이해림
이 하는 '평화 만들기'에서 즐겁게 술판을 벌였다. 드디어 이상빈 선
생 친구들, 영화평론가 정지연, 김동원(남친)이 합류하니 저절로 흥
이 났다. 나는, 그런데, 광주 집에 오는 길이 멀어 도무지 자유가 아
니다. 해림이 외박하라고 꼬였지만 지연이가 주는 1만 원 차비를 택
시 차창 밖에서 던지고 사라지는 통에 그 오랜 제자 아이 돈으로 집

엘 왔다. 집에 와서 지연이가 준 무거운 봉투를 풀어보니 로션 세트
였다. 거 참 기분 묘하게 굴러간다. 걔도 참 못 말릴 아이다! 코미디
이야기는 이상빈 박사가 겪던 대학교 프랑스어과에서 돌아가는 여
러 증상들 내용이다. 한국 지식사회 전체가 코미디언들의 연극판이
라고 나는 생각한다. 부끄러운 일!(287)

시골의 겨울 아침(288)

눈 내린 시골 아침 뜰 안 가득 하얀 해
빛이 내려와 일렁이고 있다.

웬일인지 오늘 아침 산새들도 조용하다.
이미 식사 시간은 지났고
그들 짝짓는 일도 지금 서둘지는 않겠지.

서늘한 공기 마루, 마루마다 비질
맨발 벗은 발등 날씨 차다고 중얼거리고
하필 그 발치께에 내려앉은 마음
겨울, 시골에 든 아침을 보고 있구나!

겨울, 시골에도 아침은 찾아와
조용하게 너를 본다.

2007년 1월 27일 토요일 아침. 서하리 글방에 일쩍, 일쩍이라야, 이 겨울 아침 일어나는 시간은 대체로 9시가 지나야 한다. 8시 반 쯤 되면 곤한 잠에 들어 깊이 잠드는 버릇의 어린 아내를 깨우기가 미안하여 슬그머니 일어나 운동하고 몸을 좀 씻고, 부엌을 들락날 락하면서 이것저것을 찾아낸다. 어제는 하루 종일 글방에 오물오물 세 식구 모여 눈 오기만을 기다렸다. 새람이가 원주에 가 있어서 어 제는 아침 첫 새벽부터 눈 오기 전에 오라고 성화를 하였고 그래도 눈 오기 전에 귀가 하였는데 눈이 오지를 않는다. 김지연이가 우편 으로 보낸 시집 「내 살은 뜨거웠으나」가 왔다. 읽기 시작하였다. 어 제는 유재원 박사가 전화를 하였다. 내 시집을 받아 읽었는데 남의 일기를 보는 것 같아 좀 미안했는데 글쎄 뭐랄까? 꿍얼거리는 게 통 시원치가 않다. 굵어지면 바쁘다는 시를 읽었던 모양으로 자기도 바쁘다나 뭐라나, 이란을 또 간다고 하니! 주채혁 선생도 전화를 두 번씩이나 하면서 정부 상대로 소송 걸자고 야단이다. 김정수 교수 는 여러 번 전화했으나 불통! 어젠가 내 문제로 세종대 인사위원회 의를 한다고 하였다는데 오늘도 소식이 없는 걸 보니 결과가 시원 치 않은 모양인가? (288)

묏새 소리, 마음 울리는 바람(289)

삐삐유우 삐삐 쭈르르륵 쭈쭈 삐삐
메마른 산자락 온통 엎드린 나뭇잎들만 수북하게
마른 나무 풀들도 숨쉬기를 멈춘 곳에 바람이 분다.
뻣뻣한 숲 속 나무들 외롭게 서 휘파람 불어 쉬쉬
통풍구 속 열린 틈을 뚫고 들려오는 저 소리 나긋나긋
삐삐유우 삐유 쭈쭈 쭈르르륵
묏새가 운다, 메마른 울음소리
통풍구에 귀를 대고 바람소리도 섞여
목울음 가냘픈 새소리들 아프게 듣는다.

❦

2007년 1월 27일 토요일 정오를 지났다. 서하리 글방. 부엌 창 쪽
으로 움직이다 보니 무슨 새 소리가 들린다. 아침에도 잠잠하던 저
새들이 어디서들 날아왔을까? 아마도 저 우람한 밖의 나무들 위에
서 날쌔게 날며 울던 주먹보다 큰, 길이는 손바닥만 하고 몸통 또한
그럴듯한 새들과는 어림도 없을 만큼 작은 새들이 가냘프게 쩍쩍대
며 울고 있다. 가족 모임이라도 있는 모양이다. 멀리서들 날아온 저
가족들도 겨울 가뭄이나 그 인색한 가난을 퇴치하자고 외치지나 않
는지 모를 일이다. 하루가 지나가는 한 파람 세계를 베껴놓는 것일
뿐.(289)

펑펑 눈 내리는 서하리(290)

안흥 찐빵 먹던 사람 눈 오는 날
안흥 지방 어느 다른 곳에서 살짝 웃음 지을까?

햇볕도 웃음 거두자 날은 컴컴한
도도새 기우뚱거리듯 찌푸리며 펑펑
서하리에 눈이 내린다.

줄기 팔 뻗어 아래로 아래 땅
꽃 피우고 열매 맺을 꿈꾸던 수양매화 나무 위
사뿐사뿐 잘도 내린다.

서하리 장독대 지닌 집 마당에 눈이 내린다.

———— ✿ ————

　2007년 1월 27일 토요일 낮 서하리 글방. 점심식사를 셋이서 나누었다. 오붓한 식탁 자리. 이주삼 교수로부터 전화가 와 받으니 고맙다는 인사 전화. 지난주 큰딸 시집보내고 허전한 심사를 그런 식으로라도 달래야 했겠지. 원주에 눈이 오느냐 물으니 아직 오지 않는다고 하면서 김영근 교수네 집에는 지난날에도 눈이 오지 않았더라고 전한다. 세상에는 눈이 오는 곳도 있고 엄청나게 내려 사람들을 골탕 먹이는 곳도 있다. 집이 안온하다. 따뜻한 이 방이 아주 좋다.(290)

버림, 버림받음에 대한 생각 하나
— 피아노(291)

긴 겨울잠에서 깨어난 개구리나 곰
겨우내 묵혀둔 피아노 앞에 앉아 봄이거나 사랑 맑고 투명한
음색으로
잠들어 익혀 꿈꾸던 것들을 노래하게 하는데 유독
너희들 겨울잠도 들지 못한 사람,
그렇게 버리고 버림받은 당신
너무 묵혀둔 피아노 건반 녹슬어 못된 녹
소리도 노래도 팅팅 부어 네 마음속
버린 것들 녹슨 만큼씩 거덜낸 표시하는구나.

너무 많이 지니거나 그렇게 버리거나
버림받는 당신을 위하여 그 망각, 잊음을 위하여
녹슨 피아노 폐광에 던져진 너 그윽한 몸체
닳디닳은 당신을 생각한다.

슬픔 한 말쯤
외로움 두어 말쯤
가짐과 버림과 버림받음을 향하여 당신
오늘은 또 무슨 꿈 꾸고 있을까?

2007년 1월 28일 일요일 아침 서하리 글방. 아침 눈을 뜨자마자 읽기 시작한 김연수의 소설 「모두에게 복된 새해」(『현대문학』 2007년 1월호)를 읽다가 문득 우리 서하리 집 폐광에 던져진 채 녹슬고 있는 피아노가 생각났다. 벌써 그게 우리 집에 온 게 언제였나? 가람이 어렸을 때 제 이모가 갖다준 피아노였는데 완전히 냉대를 받은 채 수십 년 우리 집에 좌정해 있다. 아아 어쩌면 이렇게 사람들은 좋아하였다가 금세 잃어버리고 그래서 가졌다가 버리고, 잊고 버리곤 하는 거냐! 못된 버릇! 죄들을 짓고 사는 거다 우리 모두!(291)

범죄자들의 못된 재채기(292)

인민혁명당 조직하여 정권을 무너뜨리려 하였도다!
사형, 사형, 사형, 법도 법절차도 무시하고 이 반역도
여덟 명을 극형에 처하라 명령도 추상같고
법복 입은 하수인 칼잡이들 양심도 볼모 잡힌 볼모
30여 년 세월이 지나자 작가 김원일『푸른 혼』
여덟 사람 원혼 달래는 글 불로 지져 지져내
민족 중흥의 역사적 사명을 띠고 이 땅에 내려앉은, 총 칼잡
이, 별 단
조직 범죄자들 백성들 볼모 잡아 청와대에 떡 버티고 앉아,
앉아
한 시절 20여 년 떵떵 떵거덩 떵떵 미친 칼질깨나 휘두르더니
휘두르더니

여덟 명 애매한 죄명 쓰고 죽어간 사람들 이제 겨우
무죄라, 무죄라 거 무슨 잠꼬대 같은 소리
하늘에 사무칠 범죄 저지르고도 국립묘지에 누워, 누워
가끔씩 재채기나 거드름 바람 피워
5 · 18 공적, 공적, 근대화 공적, 범죄 행위는 뒷전
범죄 잔당들 모여 킬킬, 킬킬
얼버무려 옛적 버릇 앞 이빨 드러내어 으르렁으르렁 컹컹
잘도 피해들 가는고나, 범죄자들, 범죄자들!

정부 이름 쓰고 훔치고 죽이고 조이고 주리 틀던 범죄 마구
저지르고, 저지르고, 감추고 숨기고 은행마다 비밀, 비밀
나라에 큰 도적 들어, 들어
숨 막혀, 숨 막히게 검은 안개
뽀얗게 덮여 있구나! 덮여 있어!

———— ❧❧ ————

2007년 1월 28일 일요일 저녁 서하리 글방. 가람이가 내일 중국엘 가는 모양이다. 여비 한푼 못 도와주어 마음 스산하다. 인혁당 사건이 무죄로 판결났다고 야단이다. 이미 작년에 김원일이 『푸른 혼』이라는 장편소설로 이 문제를 소상하게 드러낸 이야기를 법조계에서는 이제야 드러낸다. 법이야 언제나 정치의 눈치를 보는 법이니 그럴 수밖에 없겠지만 범죄자들에 대한 처단은 아직 시작도 되지 않았다고 나는 판단한다. 군사 쿠데타로 민권을 짓밟아 찬탈한 범죄자들의 재산은 몰수하여 마땅하고 그들의 이름에도 모두 범죄인 먹칠을 해야 한다고 생각한다.(292)

익명의 글쓰기(293)

소설이나 비평은 그래도 덜한 익명성
시는 온통 익명으로 은유와 환유를 뒤섞으며 익명 제유
거리나 물가, 음식점, 외국 풍물들은 익명에서 빼고
가까운 사람들 꽃다운 청춘이든 늙은 꼽추든
모두 익명으로 된 자전거를 타고 비행기도 타며 비유 삼아
나를 빼고 너도 빼며 너와 나 사이의 사랑 입맞춤도 모두 뺀
자리
두리뭉실, 두루뭉실 너도 없고 나도 없는 자리 거기
시인 이름만 뒤편에 서서 커 헴!

루쉰의 글쓰기 방식 가르쳐 가로되 커 헴!
입론이라, 글쓰기 원론, 진실을 말해 얻어터지느니 차라리
거짓으로 칭양 들으랴, 돈벌이도 심심찮게 논술 작품으로도
읽히도록
여기저기 얼굴 삐죽삐죽 내밀어 커 헴!

그게 아니면 아아 이애가 글쎄
히히 하하 진실이 글쎄 히히 하하
뽀얗고 뽀얗게 깊은 뜻 담은 상징이라 웅얼웅얼
시가 그렇게 익명으로 긴 하늘
하얗게 그린 비행기 꽁지 구름처럼
푸른 하늘에 날벼락 떨어지듯 너도 모르고 나도

실은 나도 잘 모르는 말과 말로 장난질이나 실컷 하다가 하다가

평생을 게으르게 살 글쓰기 익명성, 익명성!

시인이여, 시인이여!

봄이 곧 돌아 오르도다! 돌아, 돌아

해 뜨듯이 진실 또한 둥그렇게 떠오르도다, 시인이여!

익명의 글쓰기 즐기는 시인이여!

낯짝에 침이라도 뱉어라! 뱉어, 뱉어!

2007년 1월 29일 월요일 오후. 서하리 글방. 어제 저녁에는 허영자 선생으로부터 전화를 받았다. 내 시집을 받았다는 인사였다. 시인에게서 받은 첫 번째 전화 격려로 받아들였다. 고마운 분! 속 깊은 시인 허영자 선생, 부끄러웠다! 오늘은 점심식사를 마친 다음 새 람이 차로 술항아리 하나를 사 왔다. 광주 교외 항아리 집인데 7만 원 달라는 걸 깎아 6만 5천 원을 주고 사 왔다. 집에 돌아오다가 최유찬 교수로부터 전화를 받았다. 시집 받았다는 두 번째 인사! 늘 겸손한 사람 최유찬 교수가 전인초 교수와 통화하여 만나자는 전갈을 받았다는 이야기였다. 임용기 학장과도 이야기가 된 모양이었다. 도도 고고한 인문학자들이지! 내 갈팡질팡 시집 낸 일이 그들을 부글거리게 한 거나 아닐 것인지! 또다시 부끄러움!(293)

밝은 햇빛 아래 어두운 마음(294)

불경에 이르렀으되 부처든 예수든 예쁜 여자든 남자든
그러면 악마든 천사든 그림자로 그려지는 상 만나거든
부숴, 때려 부숴, 모두 다 환, 마음 그림자일 뿐
세상은 텅 빈 그것
마음자리 둘러싼 몸에 넘나드는 느낌 길

그렇게 듣고 난 밤이 지나간 아침에 눈 떠보니
환한 햇빛 속 공자 가로되 먹되 배부르지 않게
있되 평안함을 취하지 않게 그리고 길 모르면
길 아는 이에게 물어 길 찾는 사람
그러면 배우는 자라 할 만하도다!
길, 길, 길, 너무도 먼 길, 험한 길!

그러면 어두운 마음, 햇볕과도 아무 관계없는가?

없다! 마음은 다른 세상!
마음 마을에 그물 치고
다른 햇볕 그리는 머리칼 하나
발톱, 눈물 한 방울

아침빛만 밝고 마음은 어둡고
어둡고 어두워! 겨울 아침 어두워!

2007년 1월 31일 수요일 아침. 서하리 글방. 아침에 일어나니 아내가 술독에 발효된 누룩 쌀을 자루에 넣고 물을 붓는다. 정년 마지막이 드디어 한 달 남았다. 연세대 정창영 총장도 내 문제에 묵묵부답이고 세종대학도 아무런 소식이 없다. 아내가 어제 기도하러 가서는 그 문제로 고심을 한 모양이다. 빚도 못 갚고 정년하면 연금도 없고, 무일푼의 빈털털이가 될 집을 생각하니 잠이 안 오는 모양이다. 아니 내 마음속에 구름이 잔뜩 낀다. 사내 두 자식들은 한정 없이 중국에 머물며 저러고 있지, 막내딸은 창업 즉시 휴업 꼴로 저러고 있지, 정년은 목에 넘어와 있지 답답하기가 그지없다. 연대에서도 나는 너무 뻣뻣하게 보직 교수들을 우습게 여겨왔으니 그들에게 나는 달가울 게 없고, 세종대학교는 부총장 하는 유모 교수 남편이 내게 연세대 부총장 시절 망신을 당했으니 또한 내가 그에게 별로 달가운 사람이 아닐 것이다. 모든 게 내 탓이니 모두 내 스스로 짐을 지고 그대로 되는대로 살다가 가면 되겠지! 그게 내 삶의 고된 짐일 터이다!(294)

얽히고설키고 삶은 시작하고 끝나고(295)

죽음도 얽힌 인연들로 춥고
꽃들 무성하게 장례식장에 옹기종기 모여 오돌오돌

사는 산도 첩첩산중이라고 중얼중얼 저 먼
젊음이 질러낸 비명과 고통
얽히고설킨 만남들 추위에 취해
쌩쌩 불던 바람결 맞으며

하하 허허 후후 호호
웃고 웃으며 만나고 헤어지고

김영희 선생도 드디어 어머니 돌아가
천애고아 되더구나! 고아 됨
그 됨됨이 춥고 어둡고 길고 멀더구나!
멀어!

2007년 2월 2일 금요일 밤 서하리 쪽 글방. 어제는 김영희 교수가 모친상을 당해 원자력병원 영안실에 다녀왔다. 성낙수 교수, 임용기 연세대 문과대 학장이 뭉쳐 장례식장 한편에 앉아 있다가 밖에 나와 술자리를 가졌다. 이 자리에는 오랜만에 송영순 박사도 불러내어 내 시집을 주었다. 송영순 박사는 빠진 채, 2차 행보로 대학로 '호질'에 가서 슬슬 맥주마시기 시작을 하였는데 그 자리에서 김광길 교수를 만났다. 여전히 젊고 당당하더라! 양주 두 잔을 받아마셨고 소주 한 잔 맥주 무수하게 마셨더니 좀 취했으나 그래도 정확하게 지하철을 타고 강변역에 와 113-1번 버스를 잘 타고 왔다. 늦 택시! 오늘은 하루 종일 잠만 잤다. 자도, 자도 자꾸 잠이 쏟아지는 그 잠! 저녁을 먹고 나서야 「직업, 학문, 문학, 교육」이라는 제목의 글쓰기를 하였다. 미완성인데 80장이다. 한국문학연구회에서 내 정년 기념 논문 발표이지만 그동안 살아오면서 읽은 내용이나 내 이론 소개를 하려고 마음먹고 쓰기 시작한 거다. 엉성한 글 내용이다. 연세대 기획실에서 윤동주 관련 서거 기념 기도회에 참석하여 시 낭송을 부탁받았고 20일께 윤동주기념사업회 정기회의에 참석해달라는 전화를 받았다.(295)

그리움이 다섯 술독 속에 녹아(296)

웬 술 욕심 그리 많아 집 온 둘레에 술 항아리
큰 배불뚝이 하나 대문께 발치에서 그리움
가득 키워 일 년 열두 달 내내 쉬고 있고
그 앞에 작은 독 냄새로 흉내 내며 언제
그리움의 웃음 너털거리며 집 안에 가득 찰까
조용히 아주 음전하게 앉아

북쪽을 향해 앉은 독 하나에는 이미 비워 마신
반 독 남아 고운 술들이 빙긋 웃고 있네.
찰랑대는 술 독 다섯 개 안채 바깥채
짝으로 큰 것 작은 것 술 항아리 넘쳐나네
넘쳐

술 욕심 왜 그리 많아 아내 다그치다가
실패한 술독으로 온 집 가득, 가득 채워 발
발조차 디딜 곳 없겠네, 없겠어!

술 욕심에 그리움 넘쳐 사람 웃음소리
술독에 담아 허허허 너털웃음
집안에 들썩 들썩 떠들썩,
아아 소리로 항아리 속
그리움 가득 차 넘쳐흐르네!

2007년 2월 3일 토요일 아침, 서하리 글방에 아내와 함께 앉아 있다. 그끄께 물 부어놓았던 술독을 열어보니 또 술 실패한 것 같다. 작년에 여기 서하리로 이사 와서 집들이 한답시고 술독을 사들이고 술 담글 누룩을 구한다, 야단을 쳐서 담근 서 말 술이 시어 식초로 익어가고 있는 동안 나는 또 아내를 닦달하여 두 말 술을 담갔는데 이것도 실패하여 식초 감으로 되는 판인데 다시 한 말을 담갔더니 이것도 영 시원치가 않다. 모두 일곱 말의 쌀을 술밥으로 쪄다가 담근 술이 한 말짜리만 성공하였고 여섯 말짜리 모두는 실패하여 버리거나 어째야 하는지 고민 중에 들었다. 작년부터 김주영, 이청준, 정현종, 김원일, 오생근, 김진영, 황동규, 최동호, 김화영 등 옛 술꾼 벗들을 불러 한바탕 술추렴이라도 할까 하여 그렇게 자꾸 담근 술인데 모두 실패하여 식초로 변했으니 이를 어쩌면 좋겠나? 그리움이 나를 망친 경우이다. 술이 문제였나? 그리움이 문제였지!(296)

새야, 새야 파랑새야 훨훨 날아라, 새야(297)

새들이 입을 닫고 서서 날갯짓도 멈추어
꽥꽥 소리 높여 창공 휘젓던 기개 숨 놓고
입춘대길날 곰곰 생각하는가?
봄이 서는 날 봄 아침 결 골골
햇볕은 쨍쨍 새들아!

먼 길 날던 새야, 새야
파랗고 파랑새, 노랗고 노랑 꼬리 깝죽대던 새야
가슴 젖은 눈동자 때론 금잔옥대 자세로 누워
날던 새야, 새야 파랑새야!

봄빛에 젖은 몸 날렵하게 날쌔던 너 새야 파랑새야
너 잉태한 몸매 뒤뚱거리며 오늘
울음인지 웃음인지 모르던 네 노랫소리
지금은 어디에 감추고 묵묵한 침묵으로 새야, 새야
파랑새야!

네가 나는 곳 바람도 훨훨
날갯짓도 경쾌하구나!

쉬던 날개 훨훨 창공 가르던 꿈 나래
맑고 둔한 소리로 닫은 입

네 먼 곳 어디로 날고 있구나!

날아라 새야, 새야 파랑새야
어느 꽃자리 앉아 마음껏 노래 부르고 날아라 새야
파랑새야! 노랑 새야! 흰 새야!
새야, 새야! 노래 소리 들는다 새야, 새야!

2007년 2월 4일 일요일 정오를 맞으며 서하리 글방. 아내는 먹을 열심히 갈고 있다. 입춘대길을 쓰라는 엄명이시다. 붓글씨를 쓴 지가 얼마만인가? 약간 겁이 난다. 대학교수라는 주제에 쓴 글씨라니 하고 츳츳 혀를 차는 시골 노인들이 없을까? 이기상 교수의 아내가 돌아가셨다. 별안간 날던 새 생각이 났다. 모든 존재는 나는 날개가 있질 않나? 그 부인도 훨훨 어딘가로 날아갈 것이고 우리도 시간의 저쪽 끝 어디로 날아갈 것 아닌가? 곧 강남 성심병원 영안실로 가야 한다. 마음이 무겁다. 죽음은 언제나 사람을 무겁게 한다. 명복 빌기에 신명을 다해야지! 입춘대길 글자도 써야 하지!(297)

새들의 날개(298)

짹짹 삐요, 삐요 꿱 꽉 찌르르, 푸른 하늘에 퍼지는 소리, 소리, 꼬꼬댁 꼬꼬 너는 끼지도 말라 말아! 새들 비웃어 노래하거나 울고 이리저리 잘들 난다. 손 안에 파르르 떨며, 떨며 영원한 사랑 흐느끼듯 읊조리던 새, 저기 가던 새 본다. 꼬끼요오 장닭 소리, 장독대 위에서 푸지만 새들 와르르 웃어 삐쭉삐쭉 삐리리, 저 새도 아닌 게 울어, 울어 잡았던 저 새 가슴속 안에 여전히 파르르 저 장닭 옆에 구구구구 맴돌이치는 암탉 꼬리 홰홰 내저으며 실룩실룩 저 꼴 보기 싫어 나는 난다 나는 새야! 새들 재재거리며 깔깔깔 저 닭, 새도 아닌 것이 궁둥이 뒤뚱대며 뒤뚱뒤뚱 새들은 난다 펄펄 날아 창공에 높이 찬바람 겨울에도 핫팬티 옷차림 저 황홀한 몸매 자랑하며 젊은 것들 짹짹, 뺙뺙 꿱꿱 날쌔기도 날쌘 새

너는 옆에 누운 암탉 보며
나는 새들 홀린 듯 흘기는 눈
늙은 장닭이로구나 장닭!

하하하하 너는 장닭 늙은 장닭 하하하
이제 그걸 알아 늦었구나, 늦어 하하하
바람처럼 기댈 데 없는 꿈이었구나, 꿈!

2007년 2월 5일 월요일 오전 서하리 글방. 어제 이기상 교수 상처한 장례식장에 다녀왔다. 간 길에 시인 강은미를 불러내어 맥주 석 잔 걸치는 동안 대화 중에 들은 말을 여기 옮긴다. 길고 긴 여로의 아득한 거리 이편에 앉아 많은 생각들을 한 날이었다. 오는 길에 다시 백규서 사장을 만나 알 밴 도루묵 안주 삼아 맥주에 막걸리에 흠뻑 취해 돌아왔다. 오늘 아침에는 최유찬 교수 전화에다 전인초 교수 전화로 긴긴 이야기를 하였다. 전인초 박사! 박창해 선생님을 두고 한 말 아주 인상적이었다. 이제 나이 들면 과거사는 뒷전으로 보내야 하는 게 아닌가? 남기심 교수에게도 그런 말로 박 스승님을 좀 찾아보라 하였으나 묵묵부답이란다. 전 박사 말이 옳다고 나는 깊은 인상을 받았다. 13일날 만나 한바탕 마시고 마시잔다. 퍽들 고마운 일이지! 김영희, 성낙수, 최기호 교수 모두들 불러 만나잔다. 주채혁 교수 두 번 통화하였다. 세종대학교 사학과 조교로부터 전화를 받았다는 말과 박춘노 국장과 통화한 이야기. 내 문제도 연봉 문제만 남았다고 한다. 기다려볼 일만 남았구나!(298)

처마 밑 빗물 소리에 섞이는 오줌발(299)

입춘대길 건양다경이라 크게 입춘첩 세워 붙이자
봄비 촉촉 내리면서 처마 밑이 어지럽다.

관청이 널리 알리는 말 수돗물 끊기는 날 길고 길다
백방으로 물 살림 살 길 찾으라 고래고래 방송한다.
낮은 봄인데 비는 슬슬 내리고 오줌은 마려워라

산자락 뒤꼍에 나가 듣는 처마 밑 물방울 소리
오줌발도 씩씩하게 아아 이렇게 시원한 삶도 있었구나!
내심 부끄러워하며 오줌은 오줌대로 비는 비대로 서로 장단
장단 맞추어 뚝딱뚝딱 주룩주룩 잘도 섞이는구나 섞여!

산은 운무 짙게 덮인 채 깊이 잠든 척도 하고
속으로는 녹는 찬기 가시는 논갈이 밭갈이 뒤섞어
나무들 잠 깨우고
땅 덮은 고엽 뒹굴던 대로 뒹굴뒹굴 풀잎 숨결 들으며
올 농사 뒷갈망하러 느긋하게 숨들 고르는구나!

뒷산 나무들
운무에 몸을 맡겨
마른 입술 축이며
입춘대길 봄빛 기다리는 눈빛
빗방울 오줌발에 적신 땅
서하리가 온통 봄비에 젖어 있구나!

2007년 2월 8일 목요일 오후, 서하리 글방. 어제는 사진작가이며 문화인류학자 무하 김수남 작고 1주년을 기념하는 김금화 만신의 굿판이 인사동 인사아트센터에서 있었다. 아주 많은 사람들이 모여 만났다. 김금화 씨와도 다정하게 이야기를 나누면서 막걸리를 마셨다. 내 글들을 꼭 좀 보고 싶다 한다. 명함을 받아 왔으니 책과 글들을 좀 보내주어야 할 판이다. 뒤풀이 장소에서는 관동대학교 황루시 교수와도 오랜만에 덕담 나누었고! 김인회 선생, 채희완 교수, 고운기 박사, 임성래 교수와 막내딸, 박경혜 선생, 이덕화 교수 등을 만났다. 쌈지골목 옆 술집 '좋은씨앗'에 채희완 교수, 박경혜 선생들을 불러, 꼬여내, 뭉쳐가서 막걸리로 내 인사동 진입 서막을 열었다. 김명숙 씨가 맡겨놓았던 양주도 바닥을 내었다. 김화영 선생도 마침 도착하여 양주 한 방울만 마시고 약속 장소로 갔다. 여전한 입심! 내 시집을 읽은 소감은 예상대로, '야 너 시를 그렇게 똥 싸듯이 막 쓰냐? 시 똥 싸기냐? 1년에 한 편씩만 써라!' '그래 나는 매일 시 쓴다. 가갈갈갈!' 늦게 집에 오다가 새람이가 사다 주어 신주 모시듯 아꼈던 베레모를 잃었다. 무척 가슴이 쓰린데 아내 가로되 '다 잃어버리시오. 모두 헛거여! 헛거!' '어쭈 제법이네!' 아침에 일어나 그 모자 걸려 있던 데를 차마 잘 보지 못한다. 몸도 다 잃어버리는 판인데 물건 하나 잃었다고 상심이라니 그 참! 오늘은 증조부 제삿날이다. 광주 장날이어서 새람이 차로 아내와 장엘 갔다. 내일 연구실 이삿짐이 올 모양이라 40만 원을 찾아 아내에게 주었다. 모두 70만 원 든다 한다. 학생들이 올 모양이어서 철판에 구울 고기들을 사 왔다. 그 내역은 내일 쓰리라! 김화영 군이 내게 한 쓴소리를 못 들은 척하고 또 글을 쓴다. 아무리 비웃고 욕하고 말려봐라 내가 글쓰기를 멈추나! 나는 늘 나다. 오늘 천양희 선생으로부터 예쁜 책「천양희의 시의 숲을 거닐다」를 받았다. 내 시집 읽은 소감 글도 받았다. 사람의 깊은 마음을 담은 시라고! 부끄럽다.(299)

제 3 부

님은 어디 계신가

돌의 문답(300)

물가에 앉아 좔좔 물 흐르는 소리 듣는다. 퉁퉁퉁 돌
돌들 굴러 큰 바위 위에 돌 굴러와 난짝 얹혀 안녕
너 지금 어디로 가는 돌이냐 안녕! 몰라 난 아무것도
그냥 굴러, 굴러 네 머리 위 편안한 쉼 이렇게 앉아도 되는지
앞에서 만난 박힌 돌 위에 머리 부딪치고 큰 소리 타박 들었
단다.
　어디서 구르던 개뼈다귀 내 몸에 얹혀 이 고운 몸 흔들어 잡
아빼
　나를 빼려고 하느냐 나를, 빼 개뼈다귀 돌아!

돌들은 돌돌 굴러 물 흐름 타고 굴러 이 골 저 골
산골짝마다 흐르는 물 타고 굴러
박힌 돌과 구르는 돌과 만나 구르고, 구르고
때론 박혔던 돌도 물 따라 흐르고 구르고, 구르고

돌들 어디서 와 어디로 가는지 물에게 간간 물어대지만
물도 어디로 가는지 어디서 오는지 너도 나도 몰라 돌돌
물소리 흐르는 대답으로 돌돌돌
나는 오늘도 어제도 돌들의 문답을 듣고 또 듣는다.

2007년 2월 12일 아침 월요일 서하리 글방. 양정석 교수가 우리 집엘 오고 있는 중이다. 국문학과 교수들이 강화도 생선 맛보러 가자고 약속한 걸 지키기 위한 발걸음이다. 그저께(2/9) 원주 연구실 책 짐들을 모두 옮겼다. 70만 원 들었다. 김정한, 손동호, 이혜진 등이 와서 집 안을 깨끗하게 정리해주고 하룻밤들 자고 갔다. 아침부터 아내가 연대 정창영 총장을 만나러 가겠다는 걸 말려 내일부터 다니라고 일렀다. 어제는 아침부터 원주시청 공무원들을 향해 할 강의 원고「정신자산, 문화창조와 보존정책」120장을 써서 보냈다. 감기 손님이 깊이 들어와 있는 모양이다. 어제부터 김영명의『우리 정치학 어떻게 하나』를 읽고 있는데 영 마음이 개운치가 않다. 모두들 헤매는 발걸음이라는 느낌 때문이다. 모두 구르는 푸석돌들이라는 느낌!(300)

초지진에도 봄은 오고(301)

봄맞이로 떠난 초지진
강화도 들길에는 출렁이는 물결도 항쟁으로 분주함도 잠잠
쑥부쟁이 엎드린 들녘에 뜨는 해
마음속 휘젓던 소리들 쟁쟁
이항로 이건창 도도해서 슬퍼한 선비들
항왜 외침 모두 물거품처럼 지고
하루해가 쓸쓸하게 지고 있더라!

———— 🕊 ————

2007년 2월 12일, 월요일 밤 서하리 글방. 오늘 강화도에 다녀왔다. 양정석 교수가 데려가고 데려왔다. 먼 길이었다. 미안하고 고맙고! 오늘은 정창영 총장에게 전화를 두 번 하였다. 모두 실무자들선으로 돌려, 내 원하던 보상도 명예회복도 물 건너 보내는 태도였다. 총장으로서만 결정할 수가 없다고 웅웅거리던걸! 좋다. 하지만 마음은 견딜 수 없는 흔들림으로 진동한다. 노대규, 임성래, 윤덕진, 김영민, 양정석 교수들이 다 모였다. 오늘 내 문제에 대해서도 모두 부정적이었다. 총장단이 미적미적 뭉개버리려는 태도라는 거였다. 원주 캠퍼스에는 해결할 아무런 힘도 의무도 없다는 이야기였다. 가는 길에 김인희가 영광굴비 상인에게 시켜 선물을 보낸다고 연락한다. 늘 마음 착잡하게 한다. 오랜만에 프랑스에 간 윤지선이에게서 이메일 편지가 왔다. 무척 반가웠다. 이소영이에게서도 소식이 왔다. 나가던 학교에서 그만두란다고 낙심! 불쌍한 것들! 권근술 형에게도, 김여련화에게도 전화하였다. 외롭기 때문이었겠지! 윤덕진 교수에게는 민주화 문제 서류를 모두 보냈고! 모두 쓸데없는 짓이나 아닌가? 외롭다. (301)

기다림과 쓰라림(302)

기다리는 것은 언제든 올 날들에 대한 꽃 소식
못된 질병처럼 사무치다.
남쪽 지리산 골짜기 매화꽃 벙긋 피었다고 아
그 벅찬 감동으로 기다리던 봄 오는 길목이었나?

쓰라림은 왜 그 저 어젯밤 궁싯대던 마음 뒷자리
그렇게도 안 되는 일, 막히는 일
그리움만 칙칙하게 짙어 가슴 쓸어내리던 꿈자리
어둠으로 꽉 찬 마음 들길 같은 것

기다리다 쓰라리던 하루치씩 이어온 삶
봄소식 오거나 말거나 비가 오려거나
그냥 그날 그 턱으로 빈 마음 가
마당 복판 수양매화 꽃망울 웅얼웅얼
작년 이맘때 엉기며 달아났던 두꺼비
기다리나니 쓰라리다.

2007년 2월 13일 화요일 서하리 글방. 아침 일찍 아내가 연대 총장실엘 갔다. 내 존재의 덫들에 대한 끝마무리를 해야겠다 작정하고 나선 길인데 가서 총장실 김진숙 차장에게 '내 남편 정현기를 죽여놓은 연세대학교에 대해서 이제는 아내인 내가 나서서 살리겠다고 울면서 말하였단다. 멍충이! 내가 왜 죽냐? 윤지선의 긴 답장이 또 왔다. 나도 답장 썼다. 긴 답장. 내 시 두 편도 보냈다. 300번과 301번. 아내는 내일부터 매일 총장실엘 가겠다고 한다. 갈 테면 가보라고! 나는 오후에 전인초, 최유찬, 임용기, 성낙수 등 서울 동지들과 술 마시러 갈 판이다. 날이 궂다. 잠깐 눈을 붙인 다음 점심식사 준비를 한다. 국수다! 새람이가 고려대학교 직원 채용을 위한 영어 면담 준비를 하는 모양이다. 되면 좋을 터인데, 불쌍한 것!(302)

전인초 의리들 마시다(303)

한 시대 그는 펄펄 나는 탁구선수였다지 아마 날쌘 몸매
만우 선생 그리 아끼던 전인초, 일찍 유학하고 돌아온 날이여
오늘도 껄껄 웃으며 활기를 붓는데
저 언제였던가 오공화국이 내팽개친 내 손 그 시린 손
가끔씩 불러 잡고는 주머니에 돈 질러 넣어주던 그 사람

수십 년 늘 같은 어조 눈빛으로 보고 웃으며 하하하
사람들 사이 우정이니 의리니 중문학자답게도
옳고 그름 뚜렷하여 늘 조마조마하게 말 던지던 그가
변치 않고 변치 않고 사람들 불러 말도 달고 술도 단 그 자리
만들어
봄비 부슬거리던 인사동 세거리 목포집
도저하여 도저한 벗들 모여 임용기
학장 옆 자리 최유찬 의리 곧은 사람
풍성한 연포탕 자리에 앉아 수굿수굿 들
2007년 봄비 소리 달콤하기도 하다.

봄비 핑계로 늦은 폭음 두 대장 용틀임
뒤로한 채 어둠 뚫고 봄비 속으로 나는 달려, 달려
어둠도 그 큰 눈 양지은 자동차 서하리 내 둥지
둥지에 떨어져 눈 뜨니 아침 빛 내 눈 속에 갈아 드는구나.

전인초 그가 지금도 나는 그가 내게

더운 웃음으로 격려하는 마음 고이는구나 고여 들어

그리운 이들 빛 속에 잠겨 다시 하루 보내는구나! 그리워!

2007년 2월 14일 밤(수요일) 서하리 글방. 어제는 전인초 교수 발의로 정현기 정년퇴임 기념 술자리를 만들었다. 임용기 학장, 최유찬 교수, 이렇게 해서 나는 단 술을 마시기 시작하였다. 막걸리로 시작하여 맥주로 보충하고 전 박사는 내일 병원에 갈 일 때문에 일찍 헤어지고 우리 셋만 '호질'로 빠져 박명옥 씨, 김선득 교수를 만나 시집을 주었다. 김명숙 씨가 종로경찰서에서 다른 곳으로 급히 발령이 나 우울해하다가 오늘은 펑펑 운 모양이다. 그래도 마음 다잡고 새 둥지를 만들라고 격려함! 아내는 정창영 총장실에 둘째 날로 다녀왔다. 연대 교수평의회 의장하고 원주 의장 노정선 박사, 김한성 박사에게도 내 서류 다 보냈다. 윤덕진 교수 오후에도 전화를 주었다. 김종현 학장, 정갑영 부총장, 윤덕진 학장들이 모여 서류로 공문을 보내달라고 요청키로 하였다 한다. 빙빙 돌리는 수법. 오후에는 박경혜 선생이 갈비를 사 들고 왔다가 갔다. 미안 부끄럽기만 하다. 정찬 교수 당신 소설집 다섯 권을 보내왔다. 고맙다는 인사 전하다. 김인희 보낸 법성포 굴비, 냉동고를 채웠구나! 아하! 받기만 하고 산 인생이로구나! 전인초 학장 생각을 정리하여 엉성하게나마 베껴놓는다.(303)

숨바꼭질(304-1)

해와 달이 눈 감고 뜨는 놀이
봄 겨울, 여름 내내 눈부시게 빛 쏘던 해
술래 되어 숨자
가을 휘영청 달 밝은 밤물결처럼 출렁이는 저 가슴들
가슴마다 숨고 찾고 숨으며 부르고 불러 은밀함

숨겨둔 가슴과 아랫도리 그윽한 부끄러움
다가가고 찾고 부르르 떨며
어둠과 빛은 숨바꼭질로 하루해 다 가고
한 해 네 계절이 다 가며
봄 되자 아침 창밖 눈부신 해바라기 창호지
밝기도 밝아 깊은 잠을 내모는구나.

계절은 꼭 암수 아이들 골목길 누비며 야단 소리 번뜩이며
숨고 찾던
　저 아득한 날들의 숨바꼭질
　숨고 찾고 숨기며 찾아들다 가끔씩 입술도 훔쳐 빨던
　그런 걸음으로 성큼성큼 다가와 내 앞
　하루아침 어둠 깨어난 삶의 우물 속 그림자
　든든한 어깨로 다가와 서는구나!

2007년 2월 15일 목요일 아침 서하리 글방. 눈 뜨니 벌써 7시대이다. 한 달 전만 했어도 이 시각이면 깜깜했었는데! 입춘 지나고 나니 해가 일찍 출근한다. 노란 한지로 발라놓은 동창 유리문이 환해 도무지 더 잘 염두를 못한다. 아내는 총장실에 갈 준비로 부스럭 부스럭! 일어나기 정말 싫겠지, 불쌍한 것! 나는 오후에 원주에 갈 마음 채비를 하고 어제 정은주 양이 보내준 많은 책들 가운데『제국의 부활—비교역사학으로 보는 미국과 로마』책을 읽기 시작한다. 서양사에서 암흑시대라고 읽었던 중세기 닮은 암흑이 코앞에 다가선 것인가? 거의 맞는 눈길이다. 독일 사람 페터 벤더 짓고 김미선 옮긴 이 책은 모두 사건 중심으로 로마와 미국의 행적들을 다루고 있다. 아침식사로 기운 차리는 밥그릇 부딪히는 달그락댐. 아내가 먼저 한 숟갈 뜨는 모양이다.(304-1)

숨바꼭질(304-2)

밤이 짧게 숨고 밤잠 줄이자
낮은 길게 몸통 늘여
내 아침 늦잠을 방해하는구나!

봄, 겨울 손 가로채는 봄!

2007년 2월 15일 목요일 낮, 밀린 잠 깨고 일어나 아까 쓴 글 다시
읽으니 너무 말이 많아! 그래서 이렇게 줄였다.(304-2)

팔씨름(305)

팔씨름 선수들 팔뚝 저 울룩불룩 틸들하며
가슴살 근육으로 자랑도 해 보이는 힘줄깨나 힘
힘이 들어 있구나.

봄은 따뜻한 햇볕 응원 받아
뜨락 돌확 얼음부터 녹이고 물 깃는 땅 마름
매화 잎 봉곳한 소녀 가슴 살처럼 부풀리지만
겨울, 그 울퉁불퉁, 우락부락한 눈매로 차디찬 바람 씽씽
돌확 물부터 얼리는구나.

공자와 맹자가 팔 걷고 팔씨름하던 때
부시와 후세인이 웃통 채 벗은 몸으로 펑펑 말 총 바람
겨울 찬기와 봄 더운 김 몰고 용쓰던 기울기
꽃샘도 개구리 목청 터뜨리기도 씨름은 씨름

고뿔로 쿨럭이던 사람들 옷깃들 사이사이
두 장사 헛씨름 봄과 겨울 넘실대며 한 새벽
날빛 두고 다시 눈길부터 치떠 올리는구나!

2007년 2월 16일 금요일 아침 6시 서하리 글방. 어제는 원주엘 다녀왔다. 고급 승용차를 대절하여 가고 오는 길이 쉬웠다. 박경리 선생께 절하여 뵙고, 원주 치악문화관에서 300여 명 시청 직원들에게 강연인지 강의인지 모를 정신문화 이야기를 지껄이고 왔다. 국장과 과장이 저녁식사를 하러 간 자리에서 급한 술들을 권해서 많이 마셨다. 집에 와 할머니 제사를 올리다. 여주 현찬이가 그 두 아들 한길이와 한열이를 데리고 아우 현권과 함께 와서 제사를 올리니 풍성해졌다. 어제 차로 오는 길에 김주연 선생이 전화하여 내 시집 잘 받았노라는 소식과 함께 23일 저녁 6시에 분당 어디 브라질리아라는 곳에서 김화영 선생과 함께 저녁 회동하자는 전갈이었다. 오늘은 연대 교정 윤동주 시비 앞, 윤동주 서거 기념 기도회에서, 시낭송을 해달라고 하여 간다. 아내는 여전히 총장실로 향할 거고! 어제 정 총장이 아내를 만나 그만 오라는 투로 말했다지! 일 시작이 늦었다고 했다지! 괘씸한 것들! 작년 7월부터 이 청원을 하였는데 내가 서둘지 않았다는 투라고! 내 시 속에서 분명 밝혀준 말은 언제인데! 계절은 여전히 팔씨름으로 열을 올리고!(305)

님은 어디 계신가(306)

님 계실 곳 찾아
머언 길 돌아 여기 와
기다려도 님은 어디 계신가 몰라
옆 자리 누워 숨길 고르는 이
아아 그가
먼 길 돌아 여기 내 옆에 누워
꼼지락대는
님이었구나! 님은 그렇게 꼼지락 꼼지락
내 뜨락 대문가, 외양간 여물통 옆에도
웃으며 와 있었구나!

님은 아무 데도 떠난 적 없고
오고 가고 나를 버린 적도 없는 어둠과 빛
마음자리 내 우물 속
거기 누워 숨 쉬는 한 그루
마음 키운 나무였구나!

2007년 2월 17일 토요일 까치설날 아침, 서하리 글방. 막내딸 한복을 올해도 못 해준 아내 말을 귓전에 들으며 앉아 있다. 어제는 윤동주 서거 62주 기념 추모식을 연세대 교정 윤동주 시비 앞에서 가졌다. 윤혜원 여사, 오형권 장로 부부가 먼 오스트리아로부터 오셔서 참석하였다. 정창영 총장, 윤대회 부총장, 무슨무슨 처장들과 교직원, 학생, 일본에서 온 윤동주 팬 등 30여 명이 모여 오붓하게 헌화식을 마쳤다. 나는 윤동주 시「길」과「소년」두 편을 낭독하였고, 일본 여류가 두 편 시를 눈을 감고 외워 암송하였다. 송우혜 선생의 매력 넘치는 소개말, 윤인석 교수의 인사말 모두 오붓하였다. 정 총장은 여전히 윤동주가 무형문화재 1호라는 말을 반복하였다. 윤대회 부총장과 잠깐 입씨름. 내 민주화 명예회복 및 보상 문제를 질질 끌고 있으면서 절차 운운한다. 천한 인간들! 최인호 교수로부터 전화를 받았다. 천주 큰 박스를 받고도 인사가 늦었다. 내 명예회복 문제로 도울 일이 있겠는지 연구해보겠다고 서류 일체를 보내달라고 하여 보내었다. 고마울 따름!

어제 저녁에는 이 글방 아내 옆에서 쿨쿨 코골며 졸고 있는데 백규서 사장 부부가 왔다. 청국장찌개를 내놓았는데 어쩌나 맛있게 드는지 기분이 너무 좋아 나는 술을 잔뜩 마셨다. 아침에 일어나니 배가 살살 괴롭다. 오늘은 대구 김영희 교수와 만나기로 약속한 날이다. 꼭 이렇게 까치설날에만 그는 온다. 졸리고 약간 속이 거북하다. 어쩌나? 님은 아무 데도 없고 옆에 마누라만 있는데!(306)

잃음(307)

까치설날 깍깍 아내가 마당가를 빙빙 돌며 팔짝팔짝 뛴다.
장보러 간 장바구니를 잃었다.

아내가 마음을 잡지 못해 팔짝팔짝 뛴다. 징징
울음 섞어 중얼중얼 팔짝이는 저 몸속에 든 마음
내 몸에 찌르르 저미고 드는, 잃는 마음 그걸 한자말로
상실이랬지 상실!
마음 상한 저 팔짝이는 움직임 속에 존재
살아 있음의 덫을 본다. 덫!

몇 푼 든 돈과 마지막 월급 돈 조금 있을 카드,
10만 원쯤 현금 든 지갑
마음먹고 사 넣은 명란젓
만두피 지갑째 모든 것이 감쪽같이 사라졌다.
아내 정신 나간, 저 잃어버림이 마음 빼앗아갔나 보다.

어느 날 머지않아 내 몸, 제 남편 몸 잃어, 홀로 된 때
아내 저 펄럭일 마음하며 안절부절 못할 몸짓
어이할거나, 어이할까!

마음은 빈 하늘 고요하고 수수롭게
하루 낮 까치설날 가슴 두근거리며 한숨,
긴 한 숨 짓는다.

2007년 2월 17일 토요일 한낮 서하리 글방. 어제 친구 집에서 자고 좀 늦게 집에 올 막내딸 기다렸다가는 내일 설날 제수 준비가 안될 것 같아 아내와 택시를 타고 광주 시장엘 가서 너무 잔뜩 물건을 샀다. 그 가운데 열무가 아주 싼 데다가 아주 많이 담은 박스를 내가 사서 그걸 택시에 싣고 오느라 아내가 들었던 시장바구니를 어딘가에 두고 왔다. 그 속에 카드가 세 개 있었다고 했다. 월급카드하며 현금카드 등속 세 개의 카드가 들어 있었다고 했다. 새람이가 냉정하게 카드 회사에 전화하니 누군가 돈 쓴 흔적은 없다고 확인하였다. 현금 10만 원 잃은 것으로 일단 마음을 진정하라 이르고 시장엘 다시 다녀오라고 하였으나 잃은 것은 잠잠하다고 한다. 징징거리며 동동 발 구르던 아내가 안쓰러워 여기 적어둔다. 임근배 사장과 어딘가를 갔다가 김형기 교수네 집에서 잔다고 하다가 전화를 하려고 휴대폰을 여니 통 열리지가 않아 잃는 꿈을 꾼 날이어서 김교수에게 전화까지 하고 장에 가서 겪은 일이다. 머지않아 우리는 몸조차 다 잃어버릴 것인데 그만 그렇게 안달복달하곤 한다.(307)

잃어, 잃어버림, 동동거림에 대하여(308)

참 많이도 잃는 여행길이었구나!
몽당연필로부터 두꺼운 책
내 여로 긴 길 찾는 신발이며 옷들하며 모자
연장이란 연장 다 잃어버린 길
숱해 많았던 시간 그 해 뜨고 지며 달과 별들 모두
떴다 졌다 하던 자리는 그대로인 채
나로부터 그것들 다 가버린 잃음

마음도 몸도 모두 두고 떠날 이 자리
동동, 동동 동동거림의 저 낯섦
내 속에 든 낯선 덫을 진
긴 여로 내내 동동거리고만 살았구나!

동동, 동동 동동거림이 내 삶의 다
그게 다였구나!

2007년 2월 18일 일요일 설날 저녁 서하리 글방. 어제 아내가 그렇게 동동거리던 잃음은 내가 김영희 교수들 만나러 가는 전철 안에서 되찾았다는 소식을 들었다. 택시 기사께서 우리가 두고 내린 물건 자루를 싣고 먼 길을 찾아와 돌려주었단다. 고마움보다는 뭐랄까? 사는 뜻 그 자체였다고나 할까! 당연한 것 같으면서도 당연하지 않은 일, 그게 윤리고 도덕이고 사람을 그나마 믿을만한 보람이었으니까! 어제는 그래도 행복하였다. 하지만 지녔다고 착각하였다가 잃었다고 착각하는 그런 삶의 오리무중, 불가해한 동동거림의 뜻은 점점 내 마음속에 더 깊이 새겨진다. 늘 굳고 인정 많은 임용기 문과대학장, 옳지 않은 것을 보면 참지 못하는 정의파이면서도 의기 깊은, 질 좋은 양반 피를 물려받은, 성낙수 교수, 멀리 대구에서 달려와 우리를 모은 올곧은 김영희 교수, 열심히, 열심히 당신의 말글살리기 운동에 헌신하는 최기호 교수들이 모두 모였다. 내 백수 되는 기념 술추렴! 밤늦게 호질 양지은이 차를 타고 왔다. 새벽 3시경이었나? 동동거리던 아내는 잠이 들어 나를 야단치고 술은 몸속에 가득하여 정신없던 하루였다. 수십여 년 동안 저 김영희 교수 때문에 설날이나 추석 명절에 말짱한 얼굴로 제사를 챙긴 적이 없었다고 성낙수 교수 일갈! 김영희 교수 가로되 올해가 마지막일 터라! 부모님 모두 돌아가셨으니 서울 고향에 올 일 없다는 공갈! 모두 제사를 대구 제 집에서 모시겠다고! 그러면 안 되지 이구동성 우리의 비명! 큰애 부부가 늦게 집에 왔다. 고운 한복들을 입으니 눈부시게 예쁘다. 일산 고복영 사돈어른과 통화로만 설날 인사 나누었다.(308)

집짐승들 혓바닥 핥는 바닥(309)

개 한 마리 데리고 살던 독일 과부 하나
큰 늑대만큼 크고 억센 이 개
과부, 젊은 여인 침대에 올라 컹컹
사내 명색 여인 옆구리 얼씬도 못하게 컹컹
혀로 싹싹 핥으며 핥아

그 꼴 하나님 보시기에 언짢고 언짢아
하릴 없이 두고 보는 서양 풍속
조선 천지에 퍼지고 퍼져
개 혓바닥 날름대며 입술도 쪽쪽
하늘과 산세 날씨와 온갖 나무 풀들의 웅얼거림
어둠의 그늘 쪽 귀 세우던 너희들 개, 돼지 온갖 짐승
빤히 사람을 엄마 아빠로 섬기기 시작하자
말끄러미 뜨는 그 눈동자 볼만, 참으로 볼만한 꼴이로구나!

너 어느새 사람 되어 방바닥 여기저기 마구 구르며 구르다가
온갖 사람 흉내 다 내니 오웰 씨 동물농장 짐승들보다
더 못된 상판으로 도시 아파트마다마다 콩콩 컹컹 낑낑
오줌도 찔끔 똥도 가끔 가려 보여 사람들 감탄케 하니
머지않아 너희들 도시 아파트 모두 점거하겠네.
개 시장 나오고 고양이 장관도 나와 조선 천지 온 세상 동물
토끼 대통령 아아 그윽한 동물 정치패들
사람 부리는 농장으로 만들겠구나!

집짐승들의 혓바닥 요리라도 고 날름대던 혓바닥 요리
허구한날 먹어치워 방바닥에 내치기 전에, 엘리엇 씨가 예언한
네 뼈 물어뜯을 참 들개들 나와
사람들 무덤 파헤치리라, 헤쳐, 그러면
네 마음자리 그곳 텅 비리니 핥던 바닥만 덩그러니
비비 비어 참혹하게!

━━━━━━ 🜚 ━━━━━━

　　2007년 2월 19일 월요일 오전 서하리 아내 책방. 가람이 부부가 와서 늦잠에 빠져 있어 내 글방 컴퓨터를 쓸 수가 없어 여길 왔다. 벌써 날씨가 풀려 이젠 여기서도 견딜 만하다. 전기난로 하나를 아내가 피워놓고 갔다. 온풍기 설치가 아직 안 되었다. 그것만 올해 설치하면 이 방도 잘 쓸 수 있게 될 것 같다. 설이 지나고 나니 고즈넉한 날이 여기 서하리 뜰에 가득하다. 김명석 박사가 오후에 온다고 하였다. 내일은 '진자회(진리 자유 사랑 모임)' 회원들이 인연 따라 여길 온다고 하였다. 내일은 연세대 마지막 윤동주기념사업회 회의에 참석하려고 한다. 총장단들의 나에 대한 행위는 괘씸하고 기분 나쁘지만 나는 나고 그들은 그들이니까! 다녀와야겠지! 김명석 박사 집에 다녀갔다. 학교생활 이야기를 좀 오래하였다. 내일 윤동주기념사업회 회의에는 불참하기로 통보하였다. 오후 4시에 시작하는 회의인데 우리 집에 온다는 손님들을 언제 와서 맞을 수가 없어 불참키로 한 거다. 그리고 나를 그렇게 대접하는 정창영 총장 얼굴도 더는 보기 싫다.(309)

두려움 2 ─ 몸에 든 것들 15(310)

다가서는 예감 구름처럼 밀려
알 수 없는 내 몸과 거기 닥칠 몸 바꾸어 바꿈
아내가 떠난 신촌행 연대 총장실 방문조차
남들의 눈초리 속에 그 눈총을 뚫고 지나가는 가녀린 아내
두 어깨 위에 얹힌 외로움

편한 잠 속에 들었다가 소스라치게 놀라는 저 먼 곳
에서, 으로부터, 나는 지껄임
소리 속삭임
일렁이는 수군댐과 수군거림

담날이 알 수 없는 구름 속에 덮여 다가올 때
아아 살아 있는 것이 두려움이다.

2007년 2월 20일 화요일 아침 8시 반경, 서하리 글방. 아침 일쩍
아내가 소스라치게 놀라 일어나 학교 갈 준비로 눈을 비빈다. 안쓰
러워하던 연대 총장실 만년 비서실장 김진숙 차장의 눈초리하며 정
창영 총장, 윤대희 부총장하며 모두 눈에 밟힌다. 그걸 두려움이라
부를 수 있을까? 내가 어떻게 변해야 할지 모를 때, 아무것도 종잡아
알 수가 없을 때 두려운 것인가? 며칠 전부터 이 두려움에 대한 글을
쓰려고 마음먹었는데 칙칙하게 글이 안 되어 이런 투로 적어놓는다.
오늘은 진자회 회원들이 내 생일 기념 모임이라는 핑계로 집에 온다
고 하여 오후 4시부터 있다는 운동주 기념 사업회 임원회의에 불참
키로 하고 집을 붙든 채 앉아 있다. 그것도 텅 빈 어떤 것!(310)

두려움 2-1 ─ 몸에 든 것들 15

두려움은 어둠의 저 까마득한 우물
솜뭉치로 뭉쳐 아는 것도 모르는 그 이상
올 날들 모두 그렇고 그렇게 나이 들여
머리칼 하얀 빛으로 물들이는 시간
깊은 잠 뒤척이며 앗고 꿈도 늘 검게 어두워 칙칙함
바라는 마음 다스리지 못하는 마음 모두

두려워라 나는 내일도 어제도 두려움 속에
누워 있었구나.(미완)

───❧❧───

　이게 어젯밤늦게 써 놓았던 시작이었다. 그래서 미완이라는 토를
달았다.(310)

시간의 자벌레(311)

우수 경칩 다 보내고 지국총 지국총
어스름 아침이나 밝은 대낮 어김없이 내 코앞의 밤
몸 어디든지 들어와 발자국 소리도 없이 자벌레 걷듯
한 뜸 한 뜸 다가오는구나!

오자서 아버지 죽인 원수 나라 뜨면서 경계망 뚫던 자벌레
하룻밤 사이 백발로 바뀐 마음 오그라짐 오늘
마지막 연금 서류 받아 읽고 알겠네, 알겠어!

시간의 자벌레 이미 내 몸 굴리며 숱한 날들
여기까지 저기로 둥그런 몸 부풀려 흘러가 흘러!
속절없는 밤낮 시간의 자벌레 몸피 그 가냘픈 몸놀림
거기 내가 누워 순식간에 한 삶을 먹어버렸네!

2007년 2월 21일 수요일 아침 서하리 글방. 일찍 일어난 아침 자리. 아내와 새람이를 깨우고 속절없이 떠나보낸 내 삶을 물끄러미 바라본다. 아내는 또 연대 총장실로 갈 준비로 움직인다. 어제 이메일로 퇴직금과 연금 수령에 관한 공문 편지를 받았다. 아내가 오늘 학교에 다녀오면 그것도 작성해야 한다. 이젠 완전히 끝이로구나! 공직자 생활 끝! 진 빚들 때문에 연금 처리도 뜻에 맞게 할 수가 없는 퇴직! 아니 피고용인 생활, 정규직으로부터 끝! 세종대학으로부터 온다던 소식도 감감. 어제는 내 생일날이라고 온다던 백승국 과장 팀들이 평일이라서 오지 못한 상태여서 나 홀로 막내와 술 한잔 걸치는 일로 외로움을 달랬다. 조홍윤 박사에게 전화하니 침 맞으러 간단다. 좌골신경통으로 고생이 자심한 모양이다. 그 호탕한 사람이 좀 위축된 마음인 것 같은 느낌이 온다. 고적함. 어제는 최동호 교수로부터 오랜만에 전화를 받았다. 내 시집 읽었다는 소식. 26일 이 시집 출간을 핑계로 한 제자 동료들 모임(이상진, 이승윤, 김명석 박사들이 주도함) 모임에 대한 물음도 있었다. 장소가 어디냐고? 아직 나도 잘 모른다고 하자 껄껄 웃고 말았다. 아침부터 마음은 쓸쓸하다. 입춘은 이미 지났고 경칩은 아직 지나지 않았다. 경칩은 아마 3월 6일경일 터! 그게 무슨 상관이랴? 시간의 자벌레 앞에!(311)

안개마을에 서서(312)

안개 낀 거리에 서면 거기 분명 내가 서서
맴돌이치던 귀향길 1960년대와 김승옥 그
어눌한 몸짓 그가 본 예수상이 떠오른다.

거센 바람 불거나 쨍쨍 빛나는 햇볕 볕살
목마르게 타는 감질 내몰 날들 기다리던 것
너와 나 오늘과 담날 분간 막던 너 안개
서하리, 한자 이름도 그윽하게 서쪽 안개마을이라
나는 하릴없이 굴러가는 날들 지키며 흐림 속
그 한복판에 앉거나 서 있다.

겨울 입김은 저만치서 손짓하며 나를 가라 하고
봄날 입구에 선 나 오늘도 카뮈 최초의 인간
한 아이 선생 뒤로한 채 시험장에 들던 낯빛
속절없이 안개 따라 흘러, 흘러가는구나!

2007년 2월 23일 금요일 아침 일찍 서하리 글방. 아내 외출과 새람이 출근길을 부산하게 지켜본다. 이덕화 교수에게 어제 가져가서 주려고 하였던 만우 선생 기념문집 원고 청탁서를 전자우편으로 보냈다. 어제는 한국문학연구학회에서 내 정년 기념 강연「직업, 학문, 문학, 교육」이라는 제목으로 쓴 글을 중심으로 간단하게 발표하고 집에 왔다. 어제 아내는 신촌 연대 총장실을 들러 원주 캠퍼스 총무과에 들었다가 귀가하였다. 어제는 박춘노 세종대학교 사무국장에게 전화를 시도하였으나 불통이었다. 일이 꼬이는 모양이다. 새람이가 아주 늦게 돌아온다. 새 직장에 일이 그렇게 많은가 보다. 오늘은 김주연, 김화영 군들과 만나기로 한 날이다. 술판이겠지! 내일은 하루 종일 '우리말로 학문하기' 11차 집담회 모임 날이다. 상명대학교 밀레니엄관 국제회의실이다. 최기호 교수가 애를 썼다. 서강대학교 영상미디어 관련 책임자 김영민이라는 분이 한국의 말글 문제에 대한 인터뷰를 요청하여 왔다. 내일 만나기로 약속하였다. 위시는 어제 서울 가던 길에 쓴 것이다. 아내 옆자리에서였다.(312)

용의 껍데기와 마음 진 몸(313)

아침은 밝아오고 밤이 물러가면
껍데기로 누덜누덜 까부라지던 몸에도 서서히 힘 솟아
맑은 물 고이듯 올라올라 지난날들이 떠오른다.

작은 일에 목숨 걸고 아우성치던 욱대김하며
얼굴에 핏대 올려 눈 부라려 옆 사람 괴롭히던 몸
그래서 별 볼 일 없는 사람살이 껍데기일 뿐이라고
너는 중얼중얼, 그래 맞다 별 볼 일 없는 즘생이라고 중얼
중얼
온종일 중얼거리자 사람은 껍데기만 보인다.

속 알맹이 저 깊은 마음의 늪 속에 잠들어
돌처럼 잠잠 잠만 자다가 불쑥
잠 깨어 일어난 마음 알맹이 묵시록 속에 든 것들
저 먼 나라 유대 사람 수천 년 걸친 증오심 뭉치고 쌓인 마음
뭉치
로렌스 묵시록 뒷장, 흐르는 힘이라는 말로 누워
동양인들 즐기는 용이라, 푸른 용이라 붉은 용이라!

사람이 바로 이 용이어서 그 껍데기만 드러낸 채
고래고래 으르렁으르렁 컹컹
부딪치고 부딪치지만 남의 눈물 피에 젖은 아픔

저 나쁜 기운 바람으로 거세어 통곡의 계곡
첩첩산중처럼 쌓일 때 부스스 일어나는 용
몸속 깊은 저 마음 우물 출렁대던 용틀임
일어나, 일어나 껍데기를 날린다, 휠휠 휘이 휠!

용은 네 껍데기 몸속에 숨어 잠들만 잔다. 그래도 나는 네게
그에게
속 깊이 잠자는 몸 용틀임과 함께 네 껍데기를 보고 또 본다.
본다, 본을 본다, 본, 본새와 본 모두 다 본다!
신비하다.

2007년 2월 26일 월요일 아침 서하리 글방. 어제는 하루 종일 늪
속에 빠진 듯 누워 뒹굴었다. 도무지 몸이 감당하기 힘들 정도로 힘
든 나날들을 보냈기 때문이다. 그그저께 22일에는 김주연 군이 우리
를 초청하여 김화영 군과 분당 땅 '브라질리아'라는 거창하고 근사한
식당에 가서 고기를 실컷 먹었다. 그곳에서 좀 가까워 보이는 동네
에 살고 있는 민경옥을 불러내어 넷이 즐겁게 마시고 먹었다. 그리
고는 너무 취해 겨우 집엘 왔는데 김주연 군이 들고 온 양주 한 병
을 셋이 다 마셨으니 안 취하고 배길 재간이 없었다. 오랜만에 만난
즐거움도 모두 이 과한 술 때문에 감감 사라졌다. 그리고는 그저께
24일 우리말로 학문하기 11차 '모여얘기'를 위해 상명대학교 밀레니
엄관 국제회의실에 아침 일찍 나섰다. 오전엔 술이 덜 깨었으나 오

후 들어 서서히 깨었으나 또 마셔대었다. 김정수 교수가 최봉영 교수에게 당신이 주장하는 학설이 엉터리라는 말을 듣고는 그 모욕감을 참을 수가 없었던 모양이다. 점심 먹는 내내 얼굴을 붉히며 따지는 것을 내가 중간에 들어 대강 마무리를 짓도록 하여 겨우 풀었다. 오후에는 조광호 신부가 와서 행사 마무리를 하는 데 퍽 힘이 생겼다. 돈 100만 원을 학회에 주었는데 앞으로도 계속 주겠노라는 호언이었다. 호호탕탕 즐거운 신부님이다. 오늘은 내 시집 낸 핑계로 제자들이 모이는 날이다. 이승윤, 이상진, 김명석 세 박사들이 소집하여 20여 명 이상이 모이는 모양이다. 대학로 어디쯤인데 저녁 자리와 술자리는 다른 곳인 모양이다. '호질'에서 술자리가 펼쳐질 판이다. 아침잠을 좀 더 자둬야겠다.(313)

외로움과 우박 기도(314)

우박처럼 쏟아지는 기도 소리 듣는다.
모두 너를 향한 울음이고 슬픈 낯빛이며 숨 고름
그렇게 쏟아지는 우박 기도를 받으면서도 너
정말 외롭다고 우길 셈인가 셈 본 고집일까?

여기저기 둘러보아도 아무도 아무것
들리는 소리 없고 하루, 하루해 높이 떠 있었다가
캄캄한 어둠 속에 뒹굴어 굴러도 듣는 것은 한숨 소리
땅이 꺼져라 한숨 쉬어도 바람조차 기웃거리지 않는 저 먼
남의 땅 헤매다 나이, 나이 먹고 또 먹고 먹어
몸엔 물기도 불기도 사라져 먼 고향 하늘 바라며 한숨
또 한숨 쉬던 만주벌 시베리아 뚝 떨어진 사람

지금도 너는 외로움에 비교급 없다는 투
못난 우김으로 외롭다고 우길 것인가?

우길 테면 우기고 우겨 너
그건 가짜 외롬이라고 나는 부를 터
실존철학이 어쩌고 존재 꼴 어쩌고 중얼중얼
먹물 흉내질에나 이골 난 네 모습
그만 얼굴 풀고 네게 들리는 우박 기도 소리
엎드려 받고 받아 큰 절로 고개 숙여, 숙여

너는 복에 겨워 외로운 늑대
홀로 선 너 늘 그렇게 홀로 서서
복에 겨운 늑대여라!
털 빠져 누추한 늑대, 늑대 헉헉!

———— ❦❦ ————

2007년 2월 27일 목요일 서하리 작은 글방. 죽은 듯한 늦잠에 빠져 미몽을 헤매다가 겨우 일어나 물도 끓이고 어제 받은 꽃들 포장도 풀어놓고 꿈질대며 움직인다. 어제는 내게 참 과한 날이었다. 이상진, 김명석, 이승윤 박사들이 만들어준 시집 출간 축하 겸 퇴직 기념 위로 겸해서 사람들을 불러 모았다. 대학로 들풀인가 하는 한정식 집에서 사람들이 모였는데 내게 모두 과분한 우정과 사랑을 주는 사람들이었다. 들풀에서 저녁을 먹고 자리를 옮겨 호텔로 갔다. 선물로 들고 온 술들이 줄을 이었다. 주영은 박사는 내가 불러 먼 길 달려왔고, 푸른사상사 한봉숙 사장, 시인 한영옥 교수, 고운기 시인, 동연출판사 백규서 사장, 임금복 박사, 송영순 박사, 문학평론가 박선영 박사, 조정래 교수, 시인 이영섭 교수, 시인 김승종 교수, 이정옥 박사, 한금윤 박사, 박명옥 선생, 박경혜 박사, 이덕화 교수, 강웅식 박사, 최동호 교수, 김지녀 씨, 조남철 교수, 김지연 시인, 이은경, 시인 조하혜 박사, 그리고 커다란 케이크로 장식하여 나를 무안하게 한 양지은 사장 등이 모여 한바탕 술추렴을 하였다. 한영옥 교수는 아주 커다랗고 고급스러워 보이는 중국 술 노룡구(老龍口)를 가져왔고, 조남철 교수도 늦게 왔다고 하면서 17년산 양주를 들고 와 폭탄주를 마셨다. 마오타이도 한 병 들고 왔는데 누구였을까? 이래도 되나? 어제 세종대학교 국문학과 조교로부터 강의 내용과 초빙교수 결정 이야기 전화로 들었다. 박춘노 국장에게서도 연락받았다. 외롭다는 말이 호사스런 수식이 아닐 것인지 부끄럽다.(314)

제 4 부

봄비가 달면 두꺼비 올까

봉암사 가은 들판을 지키다(315)

바위로만 된 뫼 저 우람한 봉우리
가도 가도 바위 몸집 단단한 숲길
달도 뜨고 가은 빈 들판에 불길 타오르며 으영차 으차
힘들 뭉쳐 내지르는 아아아 정월 대보름 나흘 앞자락 들판

어른 아이 사내 부인네 모두 힘내어 빌고 태우며 푸른
용들의 들숨 날숨
봉암사 우뚝 솟은 하늘가 문경 새재 너머 그 너머 저
너른 들판 울룩불룩 젊은 패들 아이패들 아우성 소리
아우내 장터 고함소리 들리는 듯

두 살 난 산이 부인들 옆을 돌며 술잔 넌지시 손가락질로
한 모금 두 모금 막걸리 잔깨나 불러 홀짝이는 아리랑의 김산
장지략 이름 딴 꼬마아이 꽹가리 징, 장구 틈 사잇길 넘실대던
깽깽 깽맥깽맥 깽깽깽 쇳소리 장단 맞게 너울너울
춤추던 가은 벌 불빛도 아련하게 훨훨

내가 살았었고 나라가 살았었고 아내가 덩실거리던
조카 유유 아이 되어 덩실덩실 저 벌판
정월 대보름 나흘 앞둔 그날 봉암사 앞 들판
꿈틀대던 푸른 빛 가리 너는 거기
꿈틀대던 용틀임으로 틀고, 틀고 보았다.

2007년 3월 2일 아침 일쩍, 새벽 5시 서하리 안방에 엎드려 그
러께 박순희네 동네 문경 새재 너머 봉암사 앞마을을 회상한다. 너
무 강렬한 느낌으로 남아 있는 그날의 모임들! 백규서 사장이 아침
에 차로 우리를 데리고 떠난 문경 새재 그 깊은 골, 참 골골이 아름
답고 그윽하여 보기에 좋았었다. 그날 저녁이 되자 가은마을로 10
여 분 달려간 순희 부부, 대헌이와 산이라는 꼬마아이 형제와 그 임
신한 어머니 모두 모여 떡메로 떡을 치고 장작도 패며 만든 쥐불놀
이와 불집 태우기 준비로 부산하게 사람들이 모였다. 젊은 아이들
은 사물 장비를 들고 와 신나게 두들기며 흥을 돋구는데 거참! 모두
들 소원 성취 위한 솟대를 만들어 기원문을 써 솟대에 매달아놓는
다. 베드로라는 이름을 지닌 분은 소들을 키우는 대농이었다. 많은
남녀 아이들이 모여 활활 붙는 불가에서 음식을 나누어 먹고 마시
며 흥을 돋구다가 깃대를 들고 나서 빈 들판에 이르러 신바람 나는
춤판을 벌여 불집을 태우며 돌았다. 경중경중 잘들도 뛰고 놀더라!
아내도 오랜만에 경중거리며 춤추는 모습을 보니 기분이 아주 좋
았다. 일본에서 온 유유도 춤깨나 추었다. 백규서 사장은 전에 하던
가락이 있어 덩실덩실 춤 참 잘 추었다. 정말 오랜만에 겪은 신내림
이었다.(315)

달콤한 봄비(316)

정월 대보름 봄비
달콤하여 땅속 풀잎들 우우우우
소리치며 달달달
동산 위에 떴을 달
가린 구름
달콤한 노랫소리
가문 날들의 기다린 봄비
달콤하여라!

2007년 3월 4일 일요일 저녁 서하리 글방. 지난주 금요일 세종대학교 첫 강의를 하고 와서 저녁에는 아내와 술을 너무 홀짝거려 많이 취했었다. 어제는 박기동 교수 딸 수연이 혼례식에 다녀왔다. 박승렬 형, 전인초 교수, 신승철 시인, 유홍종, 이영섭 교수, 임용기 학장 등 많은 지인들을 만나고 돌아왔는데 어쩌나 피곤하던지 어제 저녁에는 빌빌대다가 일찍 잠이 들었다. 오늘 겨우 세 강좌 강의 계획서를 마치고 마음이 안정되어 책들을 읽기 시작한다.『이집트 신화』, T.S. 엘리엇의『황무지』, 최정호의『우리가 살아온 20세기 1』을 읽기 시작한다. 내일 있을 강의를 위한 정신 닦기이다. 오늘은 아침부터 비가 내린다. 부산에 있는 박미옥 교수에게 전화하였다. 정이 담긴 긴 통화!(316)

봄비가 달면 두꺼비 올까(317)

마당가 수양매실 젖가슴 부풀듯 부풀어
돌확 물속 찰랑찰랑
낙숫물 소리 따라 아내가 아래채 물길 트느라
맞은 비 냄새 달다.

작년 연꽃 우물 파자 급히 달아난 두꺼비
눈에 밟혀 비 오는 이런 날
그립다.

뒤뚱대며 우리 비웃은 두꺼비
이 대보름 봄날 단비 맞고
돌아와 돌확 밑에 두꺼비네 집 지어
움직이던 날파리 마당가 가로지르던 뱀조차
눈 흘겨 네 집 지키라 지키라!
봄비 내리는 마당가 서성이며 두꺼비
작년에 떠난 너를 그린다.

———— ❧ ————

　2007년 3월 4일 밤, 서하리 집 마당, 지붕 위에 봄비가 본격적으로 내린다. 마침 최동호 교수로부터 전화가 왔다. 비 오는 날의 느낌을 묻는다. 너무 달고 달콤하다는 말로 답한 다음 이 글을 남긴다.(317)

풍경 소리와 바람(318)

풍경 소리 맑기도 하다 서하리
마당 귀퉁이 지붕 처마 절간 흰 소 찾는 문처럼
맑디맑은 소리 바람에게 말한다.
내 몸 소리 뎅그렁, 그쳐, 그쳐!
내 울림 몸통 사무치는 그리움
분노, 서러움 모두 들어 있어 너 바람
내 몸통 울리는 힘으로 나를 비웃고 있구나!

비 내리는 07년 대보름, 달도 빗발 속에 숨고 바람
너만 홀로 내 몸 울리는 힘으로 힘써
그렇게 세차게도 힘쓰는구나!
모질게도 힘쓰는구나!

풍경 소리 그러나 맑기도 맑다.

2007년 3월 4일 일요일 밤 이슥한 시간. 서하리 글방에 앉아 있으니 풍경 소리가 요란하다. 비도 바람도 세 굳이 내려 부는데 작년에 사다 달아맨 두 처마 아래 풍경 소리가 어찌나 청량한지 마음이 다 서늘하다. 최인호 교수로부터 귀한 소식과 슬픈 소식을 둘 다 들었다. 다른 교수들이 내가 원하는 보상금 받는다는 요청에 비위가 상한 모양이라는 소식 말이다. 이미 나는 그걸 다 알고 있었던 거다. 내가 7년여 동안 해직당해 있었을 때 그들은 아무도 나를 동정하지 않았던 사람들이니까! 사람이 다 그런 거 아닌가? 놀랄 일도 아니다. 무심한 바람은 풍경 몸통만 울릴 뿐이다. 그 몸통 속에 무슨 설움 들었는지 바람이 알기나 할까?(318)

경칩 날 새벽달(319)

몹시 불던 찬바람도 자고 난
새벽 꼭뒤 뜰에 내린 달빛 차가운 고요,
대보름도 지난 달 몸으로 몰래 내린 앉음새,
곱기도 고와라!

누가 어제 그제 바람 불었다고 말하나
언제 구름에 가린 달빛이었노라 나의 이
고운 자태 그리나 개구리 입
자물쇠 벗는다던 경칩 날 새벽
고요한 눈 내림으로 뜰 앞이 아아 거기
네가 있어 훤하다 훤해!

2007년 3월 6일 화요일 새벽 5시 30분경 서하리 글방. 오늘은 정창영 총장을 아내가 만나러 가는 날이다. 무슨 답변이 있을지 모를 일이지만 약속한 날이니까. 나는 『문학개론』과 『한국현대소설작가론』 첫 시간 강의하러 가야 한다. 90분짜리 두 시간. 어제는 집에 일찍 와서 쉬었는데 어쩌나 피곤하던지 저녁 밥 먹고는 곯아떨어져 자고, 자고 하여도 몸이 무거웠다. 너무 많이 걸어서 그런가? 강의는 90분짜리 한 시간이었지만 걷는 길이 좀 많아졌다. 주경희 교수가 안식년인데 와서 점심값을 내었다. 정대림 교수와도 인사를 하였다. 영문학과 김순복 교수와도 20 몇 년 만에 만났다. 밤중에 임성래 교수로부터 전화가 왔다. 어제 퇴근길에는 김재남 씨로부터 문자 메시지가 왔고. 강의 첫 주이니까 내 빈자리가 눈에 밟혔던 모양이다. 든 자리보다는 난 자리가 본래 눈에 띄는 법이니까. 그렇게 격심한 바람과 눈보라가 치던 어제 날씨가 새벽이 되자 감쪽같은 꼴로 마당에 빛난다. 신기할 따름이다.(319)

큰 바위 덩어리 속에 든 살집(320)

도시는 화창하다. 무척 밝고 싸늘하다. 돌과 시멘트로 이겨 발라진 어린이대공원 맞은편 대학교 건물 속에는 한 사람이 앉아 있다. 그는 큰 돌 속에 든 여린 살집 같다. 도시가 살아 움직이는 거지만, 유재원이 엘리엇 황무지 해석하듯, 좀비들이 쿵쿵쿵 울리며 우르르, 우르르 지하철 문호를 열고 드나들며 때론 강시 춤추듯, 때론 흡혈귀들 몰려다니듯 도시는 이미 저물 대로 저문 황혼녘, 돌과 시멘트로 이리저리 구불구불 쌓고 바르고 흙더미 뭉개어 높인 거대한 관, 시체 담는 관, 그거나 아닐 것인지? '믹싱 메모리 앤드 디자이어' 기억과 욕망을 뒤섞는다는 저 20년대 미국 문명의 좀비 군상들, 메모리가 과거 속에 든 감각의 그림자, 욕망은 아직도 와 닿지 않은 그런 올 날들에 대한 기대라? 도시의 대낮은 좀비들이 관 속에 들어가 노예처럼 일하는 쿵쿵 울림 소리로 진동하고, 밤은 불야성 욕망을 불사르는 삶 그것 속에 들지만 도시는 삶과 죽음, 진정한 삶과 가짜 삶 판의 버르적거림과 흐느적댐의 흐느낌으로 허덕인다. 도시의 낮은 돌과 시멘트로 발라진 석관 속에 든 여린 살집들로 가득가득 나는 홀로 이런 여린 살집으로 앉아 곰곰 되씹어 삶을 삼킨다. 문명한 도시는 고적한 영혼들로 가득한 돌관 꼴이다.

2007년 3월 8일 목요일 오전 세종대 광개토관 621호실 초빙교수 연구실 한 모서리에 앉아 이런저런 생각에 잠긴다. 이 컴퓨터도 학교에서 차려준 물건이다. 많은 이들이 눈앞에 떠오른다. 박경리 선생께 전화로 문안 인사 드리고 나서 이 글을 써둔다. 강의 들어가기 직전이다. 김영근 교수와 통화가 이루어졌다.(320)

김희주가 나임을 확인한 거꾸로 선 세모꼴(321)

심심하기도 한 나 하나 여기
나의 아버지와 어머니를 내 머리 위에 써놓고
아버지를 따라 다시 그의 아버지와 어머니
어머니를 따라 또 아버지와 어머니
그리고, 그리고 그리다가 그리고 또 그리고 그리다가
큰 종이 한 장이 온통 거꾸로 선, 나의, 나의 아버지와 어머니
이러다간 지구 한 바퀴를 다 돌아도 나를 낳은 아버지와 어머니
이 아버지와 어머니의 숫자가 엄청난 길이 너비로 퍼져
저 엄청난 통곡 소리로 나라가 가득 찬 임진왜란도 겹치고
왜정 36년도 겹쳐, 6 · 25 동족 전쟁 포탄 소리도 넘쳐
가난도 가난이자 위험도 위험하기로 가시밭길 저쪽 어느 분
한 분이라도 없다면 아하 그거 나
이 맨 아래쪽 세모꼴 꼭짓점 나
나는 있을 수가 없겠어, 없겠네!

나 참 신비한 나로구나 그래서 고귀한 나 고개를 갸우뚱거
리며
어제 김희주 맥주잔 앞에 앉아 손가락 삐죽한
손가락으로 그려 푸는데 저절로 고개
끄덕이며 서둘러 마신 맥주가 서너 병 넘게
살아 있음을 즐겁게, 즐겁게 그렇게
나를 돌아보이게 하데!

2007년 3월 10일 토요일 아침 서하리 글방. 어제는 강의를 시작하기 전에 박춘노 사무국장이 내 연구실엘 들렀다. 여러 이야기를 나누던 중 김지원 학장이 전화로 점심식사를 하자고 하여 대구탕집엘 가 배불리 먹었다. 아침나절에 연락이 닿은 김희주가 강의 끝나자마자 학교엘 왔다가 인사동엘 갔다. 그곳 룩스갤러리에서 전시하는 사진전 주인공 박경혜 선생을 만나니 깜짝 놀라 즐거워하였다. 김희주와 셋이서 모여 회주 논문 쓰는 이야기와 삶을 그리는 문학 이야기로 꽤 오랜 시간을 보내고 그들은 함께 가도록 하고 집엘 왔더니 12시가 넘었다. 여성들 삶의 고단함과 고통에 대해 잘 들었다. 코넬대학교에서 7~8년을 보낸 김희주, 고려대학교에 다시 입학하여 문학 쪽으로 방향을 바꾸었는데 무척 힘들다는 이야기였다. 코넬대학교에서는 언어학 전공이었단다. 남편은 공과대학교에서 박사학위를 마쳤다고 하였다. 지금은 모 대학교 교수! 나에게는 어느해 한 학기 대학원 강의를 들었었다. 글을 잘 쓰는 젊은이이다! 박경혜 선생 갤러리 전시회가 오붓하고 아담하게 진행되고 있어 보기에 아주 좋았다.(321)

눈부신 햇볕 아래 서하리 누에 하나(322)

서하리에 누에 하나 산다.
먼 옛날 저 먼 밀머리 뒷동산 뽕잎 갉아 먹고 자라던 누에
서울 북촌 정릉 뒷산 뽕잎이나 원주행 버스를 타고 매지리
뒷산 뽕잎
평창동 뒷산 뽕잎들도 모두
갉아, 갉아 먹으며 잠들던 누에
누에씨는 간 곳 없고
갉고 자고 갉고 자는 누에.

서하리 뒷산 시간의 뽕잎 갉으며
어제 먹고 자고 오늘 먹고 자고 나날이 먹고 자는 누에
석잠 자고 넉잠 자면 하얀 실타래 뽑아
제법 예쁜 고치방 만들던 맑고 맑은 누에
너는 한 마리 누에, 서하리 누에
구유ㅅ간 찬 손 시려 호호 불며 바람에 나부끼는
하얀 햇볕, 눈부신 방.

서하리 누에 너
오늘도 먹고 자고 먹고 잠자는 날
네 삶의 잠자리 깬
하루가 네 앞에서 빛나고 있구나,
빛나고 빛나!

2007년 3월 11일 일요일 늦은 아침. 외양간 책방에 앉아 빛나는 서하리의 햇볕을 눈부셔한다. 정말 빛나는 햇볕이다. 유리창 밖으로 빛나는 저 햇볕은 안방 하얀 벽에 부딪쳐 한없이 눈부시다. 어젯밤에는 새람이가 잠이 안 온다며 늦게 일어나 가위가 눌린다고 글방에 와서 미적대었다. 가위눌림! 막내둥이로 겁이 많아서 그럴까? 밤이 두려운가? 기가 약해 그런가? 내 시름이지. 모든 새끼는 시름이다!(322)

오리온 그림 아랫자리 별 두 개(323)

서하리 마당가 밤 가운데 서서
오른쪽 산자락에 오동나무 우뚝 고귀한 자태
그 너머 하늘 한복판 오리온 별자리
고개를 바짝 들고 바라본다.

구름 둥둥 떠 늦달 밝은데
오리온 별자리 아랫쪽에 두 별이 안 보인다.
구름도 맑고 달도 맑은데 저 별 두 개
실패 마구리
고개를 더욱 바짝 쳐들자 구름이 속삭인다.

그 별 두 개 어디 갔겠나?
조바심치지 말고 그냥 네 서하리 방에 들어
별들이 노래하는 이 밤
단 바람 마시며 네 밤
즐거운 네 날
반짝 반짝 빛 빛내 빛내라
내게 이른다!

2007년 3월 11일 일요일 밤. 서하리 글방. 밤중이니 대문을 닫으러 나간 길에 하늘을 보니 남쪽 하늘로 오동나무 아직 잎도 없이 올연히 서 있는데, 맑은 하늘에는 별들이 종종종 떠 있다. 구름 한 조각이 서서히 별들을 놀리며 구르는데 오리온성좌 뒷자리 별들이 보이지 않는다. 고개를 바짝 들어 자세히 보니 그 별 자리이다. 맑고 서늘한 바람이 코를 스민다. 이 웬 행운인가? 오늘은 하루 종일 잠만 잤다. 속도 불편했지만 그래도 식사를 즐겁게 하였다. 힘든 일요일 갤러리를 지키고 집에 갔다는 박경혜 선생의 지친 목소리 전화를 받았다. 힘이 들어 보였지만 보람 있는 일 같아 격려하기로 한다.(323)

지하철에서 책 읽고 있던 권택영(324)

검은 머리 도저한 눈빛 5호선 지하철
권택영 닮은 여인 앉아 책을 읽고 있다.

저 여인이 만일 권택영, 영문학자이며 문학비평가 그라면
왜 저리 젊을까 젊어도 권택영 그 뛰어난 감수성
삶 읽는 눈빛 아픔도 설움도 다 삼켜 안은 그
바로 오래전 그일까?

기억 저쪽에 서서 나는 자꾸 보고 또 본다.
손전화로 그를 불러 그의 움직임 지켜보던 나
나는 그러면 누구인가? 너 나? 읽고, 읽고 또 읽는 삶
세월을 넘어 펄쩍펄쩍 뛰는 너로구나!

가방 속에 든 전화기 찾아 든 그의 눈빛은 전화 음성 저
깊은 공간으로 떠도는 기억 소리 찾아 마음 모은다. 아아
그는 지하철 5호선 타고 책 읽던 권택영 닮은 그
정말 그로구나!
미쁜 저 마음 바로 앉음새 고운 사람
놀람은 삶의 신비로 녹고

07년 3월 12일 5호선 지하철 강동역
그 아늑한 통 속에 두 사람은 다정하게 눈빛 고르며

웃는다, 10여 년 저쪽 시간 맞닿는 순간
지하철에서도 기쁨은 물처럼 흐르는구나!

2007년 3월 12일 세종대 연구실 621호실. 지하철을 타고 오다가 권택영 교수를 만났다. 너무 신기한 일이다. 거기서 만나다니! 올림픽공원 쪽에 그가 살고 있는 거야 전부터 잘 알지만 그가 이렇게 오늘 내가 탄 지하철 속에서 책을 읽다니! 놀라운 만남이 아침을 즐겁게 하였다. 그걸 적어둔다. 곧 만나야지!(324)

길(325)

길은 길기도 길고
어깨와 어깨 나란히, 나란히 맞댄 흐름으로 길
지드, 앙드레가 본 사슬 풀린 프로메테 파리에 흐르는 인파
아득한 인파 읽으며 물어 저들은 누구냐고?
무얼 찾아 저리 흐르고 흐르느냐고
인격, 특이질을 찾아 나선 이들
인격은 저만치 서서 홀로 허둥거리고
길 위에 떨어진 허덕임과 허덕허덕
사는 무게로 헐떡이는 무게라고
오늘은 서울 지하철역
흐르는 사람물결 보며 시름겹다.

    2007년 3월 15일 목요일 아침 세종대 광개토관 621호실. 30분가량 1113-1버스를 서서 타고 왔다. 어제 세종대학교 교무처장실에 들러 초빙교수 임용 계약을 하였다. 연봉 4천만 원 생각했던 것보다 줄었다. 그래도 일단 계약서에 서명하고 시내에 갔던 아내를 불러 마침 내 연구실에 들렀던 박순희와 셋이서 저녁을 먹었다. 천호동 현대백화점 음식점. 계약 조건은 일단 연금 받는 것과 이어 적절하다고 생각하기로 한다. 오늘 버스에서 흔들리며 서 있는 것도 운동량에 해당되는지를 누구에게 물어야 하나? 아내에게 물으니 우선 안쓰럽다는 투다! 하지만 나는 그걸 운동량에 보탤 테다. 오늘 지하철역에서 흘러 흐르는 인파를 보니 엘리엇 황무지 생각이 저절로 난다! 좀 꾸벅거려야겠다. 아침이 밝고 좋다.(325)

신화(326)

너와 너 그 그렇게 모여
모여 너를 신이라 부르면 너 마당 신
그를 또한 신이라 부르면 안방 신, 사랑채 신, 부뚜막 신
신들은 각기 모여 부엌에도 있고 다락에도 있어
시간과 자리 널리 널리도 뛰어, 뛰어넘고 넘는
너는 산신, 장군 신,
행복 일깨워 너를 아끼라고 이르는 너
신들은 늘 숨 쉬는 네 곁에 서서
네가 곧 신이라고 신 귀신도 웃기고 울리는 너
네 속에 든 그 하얗고도 검은 힘살
네가 신이라고 일러 신화
그 속에서 하루하루가 너를 넘겨간다고

나가 된 너는 나를 일러 그렇게 부른다.
봄이다, 꽃 피워 산새 부르는 봄 신명
나른한 봄날 너의 신을 부른다.

2007년 3월 19일 정오 광개토관 621호실. 지난 주일은 너무 무리한 일정을 소화하였다. 6일간을 계속 나돌며 힘을 소진하였더니 갱신이 힘들다. 이번 주는 어떻게 조절하나? 오늘 강의는 한 강좌이니 조용히 마치고 쉬러 가야 한다.(326)

시가 시에게 말하길 (327)

정말 그대는 시를 쓰고 싶은가
그렇다 그렇다고 말하면 믿겠나?

시가 말하길 우리 이때 아무도 시
제대로 시들 못쓰고 시 쓰는 흉내질 흉내
그렇게들 엿보고 엿보며 어딘가 두리번두리번
시는 이미 없고 시 같은 목소리 잠긴 목소리
외롭고 시린 말 걸음만들 얄깃얄깃

시가 시에게 말하길 오늘 시는 없다.
시가 어떻게 저 높은 하늘 날던 용
용솟음치던 설움과 멸시와 분노 담겠느냐고
대추리에도 봄은 오건만 시는 없다고 시름
시름 먹은 시가 한숨지으며 시에게 말한다.

시는 없다, 없다 시는 없다고 말한다.

2007년 3월 22일 목요일 저녁 서하리 글방. 별안간 오늘 아침부터 허리가 아파 겨우 학교에 가 강의 두 강좌를 마치고 집에 왔다. 박춘노 목사(세종대 재단사무처 사무국장)의 전화를 받고 점심식사를 함께 하였다. 미대 교수 김동우 교수와 함께였다. 가만히 생각하니 지난 학기 연대 김한성 교수가 만나 내 소식을 들었다는 바로 그 교수였다. 주명건 씨를 쫓아낸 장본인이라는 이야기였다. 내일 세종대 교수협의회 모임이 있는 날인데 내게도 오라는 간곡한 부탁이었다. 초빙교수도 괜찮다는 말로 내일 나를 데리러 온다 하였다. 김정수 교수 누님 오영숙 교수도 만나 인사하였다. 바쁜 하루였는데 허리가 몹시 거북하고 아프다.(327)

황석영 그 작가 큰 물 나댐 소리(328)

구라 황구라 스스로 자기 당신을 불러 구라라 구라

07년 아침 눈 뜨자 독일에서 낸 손님 작품평 큰 소리로 왁자지껄

7년 영어 생활에 몸 무척 상했어도 산삼 세 뿌리

뿌리 힘으로 버틴 세월 곱고 아름다운 얘기꾼 황석영

눈부시게 내 마음에 달려드는구나!

소설 얘기로 진실 꿈꾸던 이들

운동권 사람 가슴 저린 이야기로 오래된 정원

가꾸던 그 사람 영국이다 프랑스다 미국, 독일 여기저기

떠돌며 바리데기 신세 말 그물 짜는 황석영, 황길동인가 장길산인가

저 언제 인사동 뒷골목

7년 영어 외롬 버틴 직후 소설 그 집 김화영과 함께 만나 10년

향후 10년을 술친구로 만나자고 철석같이 한 그 약속

굳은 맹세 다 팽개치고 툭하면 줄행랑!

여기저기 떠돌아 떠돌며 다른 술친구 사귀느라 바쁘겠네 바빠!

황구라 당신, 구라 푸는 재미와 재주 신출귀몰해도 나는 당신

그 약속 저버린 쌍통 괘씸해도 무척 서운케

오늘 아침 웃음 먹은 눈길로

그리워, 그리워, 가슴 졸인다.

2007년 3월 23일 금요일 광개토관 621호실. 강의를 마치고 담배 한 가치를 피웠다. 어제 만난 김동우 교수를 기다리느라 좀 졸립다. 1학년짜리 귀여운 여학생 정나리의 미쁜 이야기를 듣다. 화학생물학과 학생으로 들어와 겪는 갈등과 그 힘든 이야기를 아주 귀엽게 풀 줄 아는 학생이다. '음악을 듣는 한편 명화를 감상하면서 연기를 하고 싶으나 꿈과 현실이 같지를 않아 미적분을 풀어야 하는 신세!' 라고 말하면서 살짝 웃을 줄 안다. 연극배우가 되고 싶은 아이이다. 열심히 내 강의를 듣는 학생.

백평선 선생과 통화하였다. 인천에 가서 강의를 하고 있다고 했다. 그보다 먼저 내 쌍둥이 형제 김여련화로부터 전화받았다. 전에 김여련화는 김대중 대통령 비서실장이었던 박지원 전 장관이 정창영 총장을 만나달라는 부탁을 하였다고 했다. 그리고 어제 정 총장을 만나러 간다고 하였는데 오늘 북경에 가던 중에 전화를 받고 박지원 전 장관을 만났다고 했다. 어제 정창영 총장을 만난 김에 정현기에 대해 알고 싶다고 하여 만나기로 하여 만났다고 했다. 이 무슨 홍복인가, 흉복인가? 정창영 총장이 얼마나 놀랐을까? 아니면 나를 멸시하였을까? 오늘은 세종대 교수협의회의 모임이 있다고 했다. 김동우 교수가 그 모임에 나를 불렀다. 기다리는 수밖에에!(328) 이날 너무 흔쾌함 만남이 이루어져 부슬비가 내리는 군자동 어느 거리에서 비실비실 택시를 타고 서하리까지 왔다. 4만 원 준 날! 많은 교수들의 아픔과 걱정들을 읽었다.(2007년 3월 27일 새벽에 다시 보충 기록)

조각달 그림자(329)

산산이, 산산이 부서진 이름
마음 그림자
동산 위에 뜨고
조각달도 그림자로 남아
별처럼 흩어지고 먼 저 강 건너
깜박이는 새벽 어스름

네 무딘 발걸음 자국마다 아롱진
이름 부서진 조각이여!

네 마음 가득 찬 듯 우줄대던 너
마음 그림자로 남아 오늘 울렁울렁
잘도 흩어져 사라지려 하는구나!

차가운 봄 새벽 별 아래 서면
네 마음 그림자들 서리서리
봄 꿈 한파람 바람 불어 날리는구나 날려!

2007년 3월 27일 화요일 새벽 5시경, 서하리 글방. 어제는 이주삼 교수가 굵은 참나무 둥치 열다섯 개를 싣고 저녁답에 서하리에 왔다. 작년부터 약속한 표고버섯 종균과 함께 내 집에서 키울 버섯나무를 싣고 온 것이다. 언제나 변함없는 순정함이 우리 집을 가득 채우고 갔다. 우리나라 농촌의 문제, 농민들이 잘살게 되어야 하는데 그게 어찌될지 걱정으로 가득 찬 나라 걱정, 건강한 이야기를 하면서 먹던 저녁식사를 좀 과하게 한 것 같다. 배가 살살 아파 그냥 잠 속에 들었는데 자고 깨니 이런 시간이다. 오늘은 세종대 국문학과 교수들이 나를 위해 점심식사 자리를 마련한다고 한 날이다. 한수산, 김종욱, 정대림, 주경희, ? 등이 모인다. 아직도 배가 더부룩하고 속이 거북하다. 어제는 날씨가 궂어 약간 추웠다. 한미 FTA 성급한 조약 맺기에 정부가 시한을 정한 채 반대하는 국민 소리를 억압하여 서울 꼭대기가 시끌벅적하다. 노무현 대통령은 왜 저럴까? 정말 이 조약으로 한국이 퍽 좋아진다는 소신이 있는 걸까? 그도 죽음에 직면한 억압을 받고 있는 걸까? 농업은 완전 폐기돼도 살 길이 있을까? 마음이 산산조각이다.(329)

청매실 꽃 봉오리 위에 앉은 봄비(330)

봄비가 청매실 꽃, 초저녁 어스름
봉오리 위에 대롱대며 매말려 빛나
빛은 두 송이 미리 열린 꽃 위
그 청초한 잎에도 열렸다.

열흘 달 반공에 떠
흐릿한 빛으로 반짝이는 물방울

어디선가 들려오는 기러기 소리
서하리 마당가에 서면
봄비 젖은 매실 꽃 대롱대는 기러기 발길
이 봄밤에 웬 기러기 하늘 위 빙빙
하늘 높이 뜬 소리 여기저기 울리나?

목을 늘인 네 모습 닮아 끼룩인다.

서하리 밤에 내린 봄비
꽃 위에 대롱대며 매달려 반짝인다, 반짝 반짝!

2007년 3월 28일 수요일 밤 서하리 글방. 오늘은 하루 종일 잠만 잤다. 왜 이리 잠은 몰려오는지! 자고, 자고 또 자고! 세종대 국문학과에서 전화 받느라 깨고 최인호 교수 전화 받느라 또 깨고 그렇게 잠만 잤다. 비가 신나게 소리 지르며 쏟아졌다. 우우 내리는 빗소리 들으며 잠 잔 오늘은 몸이 좀 개운하다.『녹색평론』07년 3-4월호 박승옥, 강수돌, 하승수 등의 글을 읽었다. 진보 문제, 법조계 문제, 개발동맹들의 횡포에 대응하는 문제 등이 마음을 산란하게 한다. 이제 다시 미셸 세르의『헤르메스』를 본격적으로 읽어야 할 판이다. 방송에서는 세계수영대회에서 400미터 우승한 박태환 선수(200미터에서도 동메달을 받음)에 대해서 우우 난리들이다. 대구에서는 2011년 세계육상선수권대회를 유치하는 데 성공하였다고도 환호와 아우성이다. 밖에 나가니 수양매실나무에 물방울들이 대롱대롱 매달려 아름답게 빛나며 웃네! 새람이가 일찍 퇴근하였다! 9시 50분!(330)

몸에 든 것들―병치레 16(331)

몸에 잦은 병 손님들 다녀가곤 한다. 어릴 적 병치레 잦은 아이 곧바로 사는 이치 배워 곧잘 어른 놀랍게도 슬기 늘어 병 손님 대접 극진히도 극진하게 대접하곤 하니 병들도 때론 몸속에 있기 미안하여 들었다가 곧 나가고 나가면 멀리 멀리 몸이 잊을 만하게 손님 발걸음 뜸하다 싶으면 또 손님 들곤 하였었다. 그 숱한 손님들 치러낸 몸뚱이 어느덧 5000년을 50년으로 줄여 넘게 굴리고 나면 거기 맞는 어깨 아픔도 오고 과음에 절고 전 위장 끄르륵 끄르륵 기분부터 몹시 언짢은 몸에 병든 사지 온갖 몸 여기저기 몸가짐 언짢게도 불편하다. 의젓하게 엉치께 아래쪽 차지하고 앉아 에헴 이 몸은 이제 내가 결판을 내어 땅속에 묻어버리리라! 묻어! 이놈의 삶 이게 뭐라고 너희들 그 아우성에 아우성 아우내 장터, 평택 대추리 아우성 소리, 에프티 에이, 에이, 에이 왜 자꾸 이러시나 그래서 그렇게 아우성 장터 자주 만드나! 광화문 네거리, 저 종로통까지 어제 그제 물밀어 인산인해 만드나 만들어! 소리도 따짐도 뜬금없는 소리와 아우성으로 으르렁대던 너희들 몸뚱이 불쌍한 몸, 민주제국이라나 뭐라나 미국인들 별들깨나 날리며 휘날리는 몸 뒤룩대는 몸뚱이!

콧물 눈물 바가지로 몸 위쪽에 웬 손님 들어와 재채기와 벌건 열꽃으로 좌골 신경 마비시키던 내 신경을 깔짝깔짝 긁나 긁어, 너 웬 놈이냐 고뿔인가 외국종 감기인가? 평택 땅 굉음 울리며 잠자리 비행기들 낮게 날아 대추리 주민들 마음자리 빼

149

앗아 온몸에 열기 돋우는 네 질병 무슨 제목의 가당찮은 손님 인가? 그건 그것대로 대문은 왜 이리 크게 열라고 난리인가 난 리! 남의 몸을 뚫고 들어온 너희들 병 이름을 대라 대봐! 거 무 슨 자유다 무역이다 열어라 열라 몸을 열라고 독촉이 무서운 네 병 이름도 없는 질병 지닌 당신 몸뚱이 갈피 못 잡아 비실대 는 사지가 버둥거리는구나! 그게 모두 장사 셈속이었나 부림 속셈이었나?

몸에는 이 병 저 손님 각방에 자리 잡아 쑤시게도 저리게도 하여 온몸 기운 땅바닥에 바짝 떨어뜨리는 고초 매운 고초 혹 독하게도 자리 잡았구나! 손님은 제 주인 마음 위에 올라타 몸 에 열도 뜨게 하고 마르게도 하여 배배 마른 몸뚱이 탄 손님들 에헴! 이리 오너라 저리 가거라 주인 노릇이 낭자하구나! 낭자! 황구라 황석영이 이 나라 두 손님 이야기로 명성이 떠르르하지 만 손님들은 모든 귓구멍 막은 자세로 몸 위에 올라타 이리저 리 짖고 까불어 네 몸뚱이 시커멓고 벌겋게 마음대로 주인 노 릇으로 오늘도 내일도 어제 그제처럼 이 몸을 병들게 하는구 나! 병치레가 슬기 늘린다던 저 진리 오늘 내 몸에 앉아 곰곰 생각하게 하다 문득 네 속에 든 마음 소리 질러 가로되 병 손님 이 몸 이 자리 저 자리 다 빠져. 나가 나가거라 거라! 거라, 거 라, 거라 가라!

2007년 4월 1일 일요일 서하리 글방. 그저께는 가람이 부부가 왔다. 어제는 김정한 군과 이연주가 집에 왔다. 밤중까지 울리던 젊은 이들의 왁자지껄 웃음소리가 집을 가득 채웠다. 나는 혼곤한 잠 속에 들어 무서운 꿈자리를 두 번 겪었다. 너무 많이 먹어댄 결과였다고 나는 판단한다. 내 집에 소도둑이 들어 소를 끌고 나가는 꿈을 꾸었다. 웬 잡된 꿈이 내 마음을 뒤집었을까? 금요일 저녁에 집에 와서 사위 고훈 군을 불러 양주 한 병을 거의 다 비우다시피 마셨다. 그래서 토요일엔 꿍꿍대며 온종일 잠만 자다가 아이들 고기 굽는 일을 도와주곤 들어와 빌빌대었다. 아내가 토요일 어제 오랜 친구 한 가족이 캐나다로 이민을 가는 인천공항엘 다녀왔다. 오늘도 속은 거북하지만 견딜 만은 하다. 한 주일이 그렇게 후딱 가버렸다. 미국은 지금 전 세계 각 나라 130여 나라에 미군 기지를 727개 유지한다고 발표하였지만 실은 1000여 개 기지나 된다고 한다. 『한겨레신문』 2007년 3월 29일자 참조.(331)

화안한 매화, 꼭 옥수수 튀밥이다(332)

애기똥풀 잎 이곳저곳 널리 자리 잡아 의젓하게 봄

땅 차지 텃세 준비하지만 마을 뻥튀기 아저씨 등에 짊어진
햇볕

수양매실 꽃 덜 터진 옥수수 튀밥처럼

하루에 한두 개씩 폭발해

봄이 오거나 말거나 하얗게 하얗고 꼭 튀밥 닮은 매실 꽃

주인들 눈총 피해 밤에만 살짝살짝 하나둘

망울 터뜨려 아우성치다 튀밥 기다리는 아이들 조바심 뒤에
두고

오늘도 서너 개 매달려 뭇사람 눈 밝힌다.

2007년 4월 1일 일요일 오후 서하리 글방. 왔던 아이들 모두 다
뿔뿔이 흩어져 제 갈 길 가고 부부와 막내딸만 남아 집 안을 빙빙
돌다가 방에 누웠다가 서성거리는 일정으로 하루를 보낸다. 매실나
무 꽃은 참 게으르게 꽃을 피운다. 왜 저럴까? 서너 개 피우고는 하
루가 지나면 또 서너 개 이렇게 해서 벌써 나무는 꽃 무더기로 덮여
가는데 황사 구름도 걷히고 날은 다시 화창하다. 힘들게 학교 생활
하는 옆집 최현정에게서 늦은 전화 문자 답장을 받았다. 늘 늦게 집
에 오는 모양이다. 너무 힘들게 바쁜 모양이 안쓰럽다.(332)

제 5 부

별들은 숨을 죽이고

시와 빚(333)

시는 늘 빚을 지고 산다 시가 못나서다
말 뉘 고르는 시인의 마음자리
하늘은 맑고 빛은 쨍쨍한데 무슨
할 말 있느냐 스스로 묻느라
고심깨나 하지만 시는
여전히 저만치서 빚쟁이 빚 독촉하듯 쨍쨍
하루를 잔뜩 살 각오로 시에게 묻지만 시는
별 훈수도 없이 휭하니 달아난다.

시는 쌀 바구미 바글대듯 뉘로 가득 차
말 보석 어디에도 없어 시인 마음 지글지글
태우다가 돌아선다. 시는 늘 가난하다
빚쟁이 등쌀에 거덜난 말 심통
비웃거나 비틀거나 꼬집어 틀어
욕설깨나 해보지만 그게 어디 시
시가 내는 쟁쟁 그 그윽한 울림으로 달달
울릴 건가 그저 빚이나 지고 등 구부려
시 속에 말 뉘나 자꾸 덧대는 수밖에
시는 본래 이렇게 못난 것이거니

시인들은 여전히 스스로 못나
시에게 빚이나 독촉하고 하고,
하고 말 속에 행여 뭔가 있나, 있나 그런다.

----- ❧❧ -----

　2007년 4월 3일 화요일 아침 광개토관 621호실. 일찍 여기 와서
교원공제회에 진 빚 3천 1백여 만 원 갚으라는 알림 종이에 적힌 대
로 전화로 세종대학교에서 나머지를 갚아가면 안 되느냐고 물었지
만 역시 그건 안 된다는 대답. 정규직으로부터 밀려난 주제에 무슨
그런 흥복을! 이달 말까지는 갚아야 된다고! 유예! 우학모 문제 생
각하다가 국립국어원 원장 이상규 교수와 통화하였다. 먼저 김옥
순 박사와 통화를 한 다음이다. 다음주쯤 만나기로 하였다. 연락 주
기로 한 약속을 기다릴 판이다. 요즘 이상한 여자의 작품을 읽고 있
다.『살인자의 건강법』아멜리 노통브의 장편소설이다. 프랑스 여자.
말장난이 심한 작품인데 좀 웃긴다. 아직 다 읽지 못했다. 프랑스
사람들다운 말잔치!(333)

흘림(334)

너 참 잘도 흘리는구나!
너는 턱이 없냐?
내가 뭘 흘린다고 자꾸들
네가 흘린 밥상 위아래 밥풀하며 김치, 국 국물
지저분한 저 옷자락하며
들고 가던 책보따리 물건들하며
쓰고 가던 모자에다 주머니 속 물건들 가방 속 터질 듯
너는 흘리고, 흘리고 그렇게 또 흘리다가 줍고, 줍다가 흘리
고 이젠 네 몸
그것마저 흘릴 게 분명하구나! 길바닥 질펀한 잃은 것들 욕
설깨나 눈
눈들에 쌓여 줍지 못해 사라지고
너는 평생 흘리기만 하고 산 인생 아니냐?

그래 나는 흘린 인생이다. 내 길바닥에 줄줄이
줄줄 흘린 시간하며 생각과 긴장
눈빛으로 보낸 연정은 얼마나 또 그렇게
많이 흘리고, 흘리고 흘리다가 애가 타
이젠 네 몸과 마음마저 가없이 가뭇가뭇
흘리다가, 흘리다가 가겠네, 가!

2007년 4월 5일 식목일 아침 광개토관 621호실. 목요일 아침이어서 강의가 많은 날이다. 어제는 아주 대단한 인물들을 만난 날이다. 김정수, 주채혁, 김동우, 문병호 교수, 박춘노 목사! 프랑스, 이탈리아에서 10여 년 넘게 공부하고 와서 세종대에서 해직되어 단독투쟁으로 복직한 김동우 미대 조각가 교수하며, 독일에서 비판철학으로 공부 오래 하고 왔다가 고대에 발도 못 붙이고는 광주여자대학교에서 쫓겨나 복직 투쟁으로 삶의 가장 기름진 도막을 작살내고 있는 문병호 교수하며 마음 저리고 아린 모임에서 이야기꽃으로 오랜 시간을 가졌다. 오늘은 늦잠 자고 막내둥이 차로 학교엘 오는데 도무지 내 삶이 이게 아닌 듯하고 뭔가 자꾸 흘리기만 하고 살아온 느낌 때문에 차 안에서 긴장한 상태로 중얼거리다가 여기 옮겨놓는다. 김희주에게 전화하여 그에 관해 쓴 시를 읽어주었다. 걔는 어찌 그리 감탄도 잘 하고 감격도 잘 하는지 원! 이 미쁜 아이가 쑥쑥 자라 힘찬 자기 이야기로 사람 가슴에 파고드는 그런 날이 오기를 빌 뿐이다. 그런데 오늘 아침에 드디어 벼르던 머리를 깎았다. 학교 이발관에서다. 5천 원 주었다. 가뿐한 머리! 커피도 한잔. 김명숙 씨 문자도 받아 썩썩하게 하루를 보내라는 격려 문자를 보냈다! 자 이제부터 강의 시작이다.(334)

눈 속의 별(335)

눈에 보석 들었나, 그리 빛나고
까만 눈 반만 뜬 동자 속 별 하나
둘씩 반짝인다.

눈썹 벗은 난파선 위 말끄러미 보는
빛줄기 열심히 무언가 부르고
눈 속에도 별이 뜨나?
깊은 닻 자리 헐떡이는 부끄러움
동력은 꺼져 반만 뜬 눈 속
반짝이는 별 하나둘
배 한두 척 겹겹이 모여든
고기 떼 지느러미 하느작거리고
숨 잦아든
그대 눈 속에 새까만 빛 깜빡인다.

2007년 4월 8일 서하리 글방 일요일 아침. 어제는 잠을 많이 자두었더니 오늘은 일찍 일어나도 그리 피곤하지 않다. 어제 쓰던 윤동주 시 이야기를 마저 써야 한다. 어제는 아내도 곤하였던 모양이다. 서울 시내를 한 바퀴 돌고 나면 몸이 파김치가 되기는 아내도 마찬가지인 모양이다. 그가 고교 동창생들 모임에 다녀왔다. 새람이가 어제는 온종일 잠을 자더니 오늘도 못 일어난다. 그렇게 심한 근무로 일찍 출근하여 밤 12시가 넘어야 퇴근하는 그런 일이 어디 있나 그래? 불쌍해 못 보겠다. 오늘은 밭에 콩도 심고 참나무 둥치 버섯 구멍도 좀 파야 한다. 윤동주 글은 언제 쓰나? 늦잠꾸러기 아내는 아직도 꿈속이다. 자충이 파를 밭에 내다 심어야겠다.(335)

전봉준 공초 또는 유식한 척한 사람의 글쓰기(336)

조선조 개국 504년 2월 초 9일부터 을미 3월 초 10일까지 다섯 차례

이 나라 역적 전봉준 준엄한 바보들 법정에 서다.

開國 五百四年 二月初 九日 東徒罪人全琫準初招라 맨 위에 적바림하고 나서

첫 물음 ; 目, 두 번째 물음 ; 爾姓名爲誰, 답 ; 全琫準, 문 ; 居住何邑, 답 ; 泰仁山外面東谷

문 : 今日은 法衛官員하고 日本領事가 會同審判하야 公正이 決處할 터이니 ――이 直告하라.

대강 하였으되 이런 한문 투의 물음으로 시작하여 다섯 번째 공초 기록은 아예 한글 토도 없이 한문 기록일 뿐이다. 언제 이 기록을 정리하여, 바로 이해 1895년 왜놈들은 경복궁을 점령하여 왕비를 도륙하고 조선 땅 천지를 분기로 터져나게 하였음을 적고, 그리하여 시랍시고 쓴다는 이들에게 일러 서정이니 투정이니 딴 데 보지 말고

뭐랄까 거 내 살이 네 살이 한두 해 말고 저 먼 시절 살면서 애면글면 끌탕하던 인생

네 관심 밖이냐 정말 관심 멀리 개밥으로 다 줘버렸느냐고 물어물어

한숨깨나 쉬게 해볼 참이다.

또 묻기를 문 ; 然則 日兵이며 各國人이 京城에 留住하는 者

를 驅逐하려하느냐, 공(供) ; 그러미 아니라 各國人은 다만 通商
만 하는데 日人은 奉兵하야 京城에 留陣하는 고로 我國境土를
侵略하는가 疑訝함이니라.

1895년 2월 9일 시작하여 그해 3월까지 다섯 차례 심문한 공
초 기록 추상같은 호령
낱낱이 물어 가로되 시시콜콜 재미도 없고
이미 심하게 병든 법관하며 묻고 답하는 말 모두 한문으로
기록하는 꼬라지하며

나라가 결딴나는 장면이 하도 심란하여
유식한 척하는 사람 글쓰기 본떠
대강 한 차례 적어 프랑스 혁명 때
자코뱅파였나 로베스피에르 삼부회의에서 뱉곤 하던 시퍼런
웅변
전봉준 입에서 다시 듣게 되어
속이 시원도 하고 답답도 하여 수수롭게
적어 올린다.

2007년 4월 9일 광개토관 621호실 월요일 정오에 와서 식사를 마치고 강의 준비로 읽던 전봉준 공초 기록을 보다가 분기탱천하는 마음 가라앉힐 겸해서 대강만 적어놓는다. 길게 이 소재를 가지고 써봤으면 좋겠다고 어젯밤부터 궁시렁거렷으나 지금은 힘이 달려 이렇게만 적어둔다. 정창영 총장이 전화를 하지 않는다. 자기 명예를 걸고 아녀자 내 아내에게 약속한 날짜를 넘기고도 소식이 없다. 오늘은 저녁에 연세대 교육대학원 학생들을 위한 특강을 의뢰받은 날이다.(336)

연줄, 연 날리던 끈만(337)

시의 말 연들을 날린다, 훨훨 눈바람 타고 고갯짓
연은 뫼도 바다도 하늘도 신선도 싣고 또 실어
일렁이는 시들 연 올라가듯 너도 쟤도 걔도 시 연들을 날리
지만
연도 안 보이고 날리는 아이도 없어, 없어 부재, 부재
연줄만 요란하게 알록달록 휘황한 색실 되어
눈만 어지럽게 주인도 연도 없는 말 연들을 띄운다.

도시 아파트 시멘트에 너와 나는 막혔나
반짝이는 아스팔트 길바닥 뒹구는 젠 체와 허세에 네가 막혔
나
지식 장사꾼들 말장난질에 이골 났나
색골들의 음흉한 눈
게슴치레 치뜨며 저 홀로 즐기는 절정에 들어섰나?
누구도 알 수 없는 신음 깊은 아픔 자리 누웠나?
까마득한 눈높이 구름 뜬 길 선비 도 통하듯
길은 터졌으나 보이는 것 아무데도 없어
알록이는 연줄만 이리 꼬고 저리 꼬아
눈을 괴롭히는구나, 연 없는 연줄 따라 눈만 높이 떠
어지럼증 시 읽다가 깊어지겠네, 깊어져!

2007년 4월 10일 화요일 정오, 광개토관 621호실에 앉아 아내가 싸준 김밥을 맛있게 먹었다. 곰팡이 슨 콩자반도 맛있게 먹었다. 어제 연세대 교육대학원 특강에 흥분이 되어, 정말 기분 좋은 강의였으니까, 그렇게 눈들이 빛나고 호흡들이 맞을 수가 없었으니까, 녹차를 너무 마신 탓에 잠이 안 올까 두려워 양주 한 잔에 천주 한 병을 마시고 잤더니 속도 별로이고 몸도 별로이다. 오늘 김달진문학상 심사를 하러 간다. 시집들을 읽었는데 도무지 무슨 소린지를 모르겠다. 무식한 탓이지만 내 깜냥을 믿어 그런 시 읽기에 대하여 몇 마디 써놓는다. 그런 시들을 누가 왜 읽겠어, 왜 읽어? 오늘 일이 난감하다.(337)

조부 젯날 밤의 쓸쓸한 음식상(338)

밤 대추 곶감 하고, 삼색 제물 고루 갖춘 제상 머리에 엎드려
단잔 술에 물 만 밥, 갱수라 부르던 물에 밥 말아
서너 마리 생선하며 빛 다른 나물 셋, 과 탕 적 찬 격식 따져
가르치던 아버지 눈빛 따라 울긋불긋 과일에 포하며 모두
가득 채운 상머리 앞에 조촐한 술 향기 향내에 섞여 또 한 해
기억을 되살릴 홍자 남자 할아버지 유옥이 할머니 제삿날,
서하리 2경을 지나 밤은 고즈넉한데, 할아버지는 기억에 없
고 오직
유옥이 할머니 절절한 음성 귀에 선한 성기 부르던 소리
두 부부 절하고 일어나 제상을 본다.

차린 음식 30여 년 저쪽 시어머니 한백옥, 시아버지 근자 화
자라
책상물림 며느리 마음속에 깊은 사랑 담은 일감 주고 떠난
분들
그 마음 저린 일 조상 오시는 날마다 손 연자 희자라! 정성껏
차린 음식상 앞에 절하며 쓸쓸한 음식상을 본다.

상귀 네 쪽에 달라붙어 음식 즐기던 아이들 모두 어디로 가고
나이 든 부부 둘만 남아 절하고 음복술에 취해
아 이 쓸쓸한 음식상 누가 다시 이렇게 앉아 절하고 술 붓고
이날이 내 아버지의 아버지 어머니들 짧거나 길게 살다 떠난

날로 기억할까?

그리도 숨죽인 아우성으로 아이들
음식상 머리 달려들던 그 날은 가고
나이 든 부부 둘만 이날 밤 제상 앞에 앉아 시름
겨운 마음 고름 잡아, 휘이휘이! 고향 땅 눈에 선한 무덤 집
한밤에 떠 올린다. 음력 2월 26일 내
할아버지 가신 날 밤이 오늘
고즈넉한 날로 떠나가는구나!

─────── 🐎 ───────

　2007년 4월 13일 금요일 밤 서하리 글방. 오늘이 할아버지 홍남
어른 돌아가신 날이다. 제삿날만 되면 아내가 분주하다. 일찍 돌아
가셨다는 할아버지 기억은 없고 88세로 돌아가신 할머니만 기억에
생생하여 초등학교 1학년을 영등포초등학교에 입학하던 때로부터
양말공장을 경영하시던 아버지하며 어머니 모두가 그리움으로 사
무치게 한다. 오늘은 강의가 오후 3시에 끝이 나서 아내와 광주 시
내에서 만나 씨앗감자를 사왔다. 박경리 선생께 낮에 전화하였고,
코넬대학교에 있다가 고대에 온 김희주 전화를 받았다. 오늘 강의
내용은 볼셰비키 혁명에 관한 내용이었다. 새람이는 아직도 퇴근
전이다. 밤 12시 반경.(338)

봄 벌레(339)

봄은 벌레 들끓는 계절
들밭 아낙네, 처녀, 총각, 이 늙은, 저 늙은
나물 뜯던 벌레들
뒷산 홋잎나물 뜯어 삶는 벌레 몸
몸에 좋은 풀, 잎들 모두 뜯어 먹는 벌레
봄은 벌레들 들끓는 계절 이 두릅 개두릅
미처 자랄 새가 없구나!

꽃 피면 꽃구경 삼아 들로 뫼로
개울물 녹아라, 녹아라! 지국총 지국총!
겨울잠 눈 뜬 송사리나 물속
깊은 잠 깨어 눈 비비던 고기들 잡아 아귀아귀
이 나무 저 나무
이 뫼 저 들판 가득 채우는 두 발 가진 봄 벌레

저 벌레들 여름 되면 바다로 내로
온통 싸질러 나댈 여름 벌레로 바뀔 봄 벌레
가을 오면 가을 벌레, 겨울이라!
겨울은 겨울대로 두 팔다리 쭉 펴고 앉아
풀 열매 갉아대는 어두운 겨울 벌레여라!

아아 싹쓸이 마트

거기 나온 온갖 풀들 벌레들 입맛 돋우는 잎 열매들
우줄우줄 봄, 여름 가을 겨울 내내 벌레, 벌레
우굴 우굴 벌레, 벌레 우굴 우굴 봄빛이 무색하구나!

———— ✦✦ ————

2007년 4월 14일 아침나절 서하리 글방. 어제 지낸 제삿밥을 간
단히 먹는데 어제 장에서 사온 2천 원어치 홋잎나물을 무쳐 먹는다.
이제껏 사다 먹던 순창 고추장 단맛이 왜 이리 역겨운지 겨우 참고
먹는다. 더럽게 까시러진 벌레 한 마리 봄빛 받는 상에 앉아 별 마
음 트집을 다 잡는다. 나는 한 마리 봄 벌레라는 생각이 든다. 그런
단맛은 없앤 고추장을 담가놓았기 때문일까? 왜 이렇게 다냐고 물
으면 사람들이 달지 않으면 먹지 않으니까라고 답한다. 모두 팔 욕
심에 단맛으로 자꾸 길을 들여놓았으니 핑계 쳐놓고 궁색한 핑계일
뿐이지!(339)

감자 세 골을 심으며(340)

　씨감자 남작, 굵고 싹 난 눈알 고르며 텃밭 긴 골을 파다. 어깨는 아파 괭이질은 툭툭 땅을 튀어 오르고 눈은 가물가물 벌써 괭이질 몇 번에 싫증부터 나자, 조그마한 어깨로 괭이질 거들던 아내 나를 보고 한심해한다. 먹물 버릇 못 버리고 문득 저 프랑스 농부 이야기 어느 장면 하나 내 마음 창으로 찔러 일손조차 멈출 수가 없게 한다. 가로되 ;

　'네 이마의 땀으로/네 가련한 삶을 이어 갈 것이요/오랜 궁핍 뒤에는/보라, 죽음이 너를 맞이하도다.' 홀바인의 한 화집 속에 들어 있다고 소개한 조르즈 상드 『마의 늪』, 독자에게 전하는 이야기 간곡하기가 사람 마음을 엔다. '그림은 밭 가운데 쟁기로 밭을 가는 한 농부 모습, 멀리 펼쳐진 넓은 들판 끝에 초라한 오두막집들이 보이고 석양이 뒷산 마루 위에 지고 있다. 힘든 하루가 끝날 무렵, 농부는 늙고 땅딸막하며 누더기를 걸쳤는데, 그가 몰고 있는 쟁기를 끄는 네 마리 말들은 야위고 지쳐 기진맥진해 있다. 보습 날은 울퉁불퉁하고 단단한 땅을 파헤친다. 이 땅과 궁핍스런 풍경 가운데서 땀 흘리며 일하는 오직 한 존재만이 민첩하고 건장하다. 그는 환상적인 인물이란다. 손에 채찍 들고 놀란 말들 옆으로 밭고랑 건너지르며 늙은 농부의 쟁기 하인 노릇 하며 이 말 저 말들 후려갈기고 있다. 이것을 홀바인은 〈죽음의 환상〉이라는 제목으로 붙였다고 라 아라! 그 젊은 존재 누군고? 그야말로 슬프고도 익살맞으며 동시에 철학적이며 종교적인 일련의 주제 속에서 비유적으로 그려 넣은 유령, 죽음이다.' 네게도 여축없이 찾아들 죽음!

　조르즈 상드, 그에게 미친 프랑스 문학자 오래전에 이 책 『마의 늪』 내게 준 이재희 교수도 문득 떠오르는 일요일 아침께. 조르즈 상드 이 홀바인의 그림 속 노인을 오랫동안 우울한 마음으로 들여다보고 또 보고 있다. 농부라! 오호 농부라! '시커멓고 아주 거친 빵 한 조각이 그렇게도 힘든 노동에 대한 유일한 보상이요 보수인데도, 그 풍요한 보배를 강제로 빼앗아가게 하는 그 위태로운 땅을 파 일구느라고 평생 온갖 힘을 들이는 농부', 우리들 눈길의 슬픔, '땅을 덮고 있는 이 재화 ; 곡식, 과일, 길게 자란 풀 속에서 살이 찌는 이 잘 된 가축들은 불과 몇몇 사람의 소유인 것, 더 많은 사람들에게는 피로와 예속의 연장인 이 밭갈이', 한가한 몇몇 밭주인들 '신선한 공기와 건강을 위해 시골에 와서 며칠씩 머물고는 대도시로 돌아가 자기가 고용한 사람들이 땀 흘려 일해 얻은 소득을 소비한다.'

　씨감자 몇 알 세 두럭쯤 심으며 너는 프랑스 혁명 당시 1789년 전후 젊은 로베스피에르가 토한 벼락치던 소리도 기억하고, 1895년부터 다음 해까지 나라 꼴을 개차반으로 만들던 천한 버슬아치 종자들에게 붙잡혀 웃기는 공초받고 죽은 전봉준 도도한 분기, 멸시 다 떠올라 감자 씨앗 눈알 고르던 손길이 벌벌 떨려 힘이 빠졌나? 볼세비키 레닌 형이던 니콜라이 니콜라이 황제 죽이려다 잡혀 공초 받던 당당하고 당찬 잘생긴 저 러시아 청년 목소리도 쟁쟁한데, 이 땅 속에 묻혀 열심히 자랄 감자들의 운명 또한 네 마음엔 범연하지가 않은 모양이구나!
  봄은 이미 땅 속에 들어
  콩 심은 밭고랑도 봉긋봉긋
  그 옆 두렁 밭 골짜기 감자 씨앗
  세 두렁 두런거리며 흙으로 쌓인다.

  몇 몇 심술궂은 풀들은 얼마나 보챌 것이며
  벌레들 또한 얼마나 맛깔스런 봄 씨앗 기웃거려
  잔치들 벌일 참인지 너는 아직
  멋모르는 채 땅위에 앉아 흙만 만지작만지작
  오늘 네 삶이 풍요로운 땅속에 묻혀
  씨앗감자 되어 기지개를 켜는구나!

　2007년 4월 15일 일요일 아침 서하리 텃밭에서 돌아와 글방에 앉아 이 생각 저 생각 한다. 어제는 피곤을 무릅쓰고 감자 씨앗을 사 들고 챙겨왔는데 언제 저 땅을 파헤쳐 씨앗을 묻나? 꿍꿍거리다가 팔을 걷고 일어나 감자 씨앗을 세 두렁 묻었다. 설거지를 끝낸 아내 조르르 달려 나와 설경설경 대충 해치우는 내 일솜씨를 다시 갈무리하느라 아직도 그는 밭가에 앉아 풀들을 뽑고 흙을 고르고 있다. 평생 밭가에 앉아 허리 펼 새 없이 살다가 가신 어머니 생각도 잠시 나고 이웃 농부들의 힘든 일상도 생각이 나서 몇 마디 적어둔다. 프랑스 혁명사 이야기도 동학혁명 이야기도, 볼세비키 혁명 이야기도

모두 이 학기 지난주에 마친 터라 눈에 삼삼 떠오르는 노동 문제, 미국과 실랑이를 벌이고 있는 요즘 FTA 농업문제도 이 나라에 붙어 닥친 심각한 문제로 내 마음은 무겁다. 씨감자 몇 알 심기도 이렇게 힘이 드는데 하필 먹거리 상품을 가지고 작은 나라 우리를 겁박하다니 미국도 참 한심하기는! 불쌍하기가 짝이 없다. 무기 개발로 그렇게 떵떵거리는 미국은 그 무기들로 누구를 겁주고 죽이고 난리들을 치다가 그런 장난질들을 끝낼 것인지 원!

이제는 아침부터 읽기 시작하였던 『백범일지』나 다시 읽어야겠다. 이 책은 다시 읽어도, 언제나 재미가 있다. 성기고 거칠지만 진실한 자기 이야기를 곧이곧대로 엮어 풀어놓았기 때문이겠지.(340)

봄꽃 아우내 장터(341)

봄꽃 요란하게도 요요요 아우성
벚나무 우람한 둥치 옆 목련꽃 어우러져
꽃잎으로 날개바람 일렁일렁 몽롱하여
아아아 부르짖는 날갯짓 소리

여린 잎 하나둘 흩고 땅 위에 나뒹굴며 우네.
봄은 지나가고 비바람 거센 총질 흙물에 젖어도
너희들 내지르던 함성 나팔꽃 울림판
요요요 아우성에 묻힌 아우내 장터
온 천지 가득 채운
꽃잎 지는 날갯짓 소리 멍멍
오늘은 유난히도 귀가 가렵다.

2007년 4월 16일 월요일 아침 서하리 글방. 오늘은 아내가 다시 연세대 정창영 총장을 찾아가기로 어제부터 작정한 날이다. '내 명예를 걸고 해결하겠다'고 한 약속의 말은 간 데 없고 묵묵히 시간만 흘러 한 달이 다 지나가버렸다. 이달 말로 3천만 원 갚으라는 교원연금공단 빚 때문에 마음이 다시 조여든다. 대문 밖에 핀 우람한 둥치로 큰 벚나무 꽃들이 그렇게 아우성치며 비슷한 크기의 목련 나뭇잎들과 어울려 잎들이 다 저도 마음은 언제나 멍한 저 하늘 쪽에 가 있었다. 나날들이 그렇게 즐겁지 않은 것은 나이 때문일까, 빚 때문일까? 아니면 내 존재의 무용함에 대한 자책 때문일까? 밤에는 봄비가 좀 내렸다. 어젯밤에 나는 윤동주 자필 원고 보물 지정 요청서를 써서 윤인석 선생에게 이메일로 부쳤다. 구연상 박사에게서도 어제 늦게 전화 받았다. 이승규 국립국어연구원장 만나 우학모 활성화를 위한 지원 요청을 상의해보려는데 그가 무척 바빠 지난 두 주째 만날 일정을 잡지 못하였다. 이상화 손자인 이상규 박사가 내 일 부탁보다는 개인적인 느낌 때문에 만나고 싶었다! 김옥순 박사가 애를 많이 쓰고 있다. 오늘은 다시 이 박사와 통화해봐야 한다.(341)

별들은 숨을 죽이고(342)

꽃들은 너도나도 지고 밤벌레
나방이들 온 밤을 넘나들어 원을 그린다.
빛은 나방 날 길 오늘 미국 저 먼 나라 버지니아 공과대학
한국인 대학생 조승희 서른두 명 총으로 쏴 죽여
빛 쫓던 나방
나라 온통 밤벌레 맴돌듯 미국에 간 나방이
나는 밤벌레 빛 찾던 나방, 나방
미국, 미국행, 미국 유학, 미국, 미국
너도 나도 나방이 빛 맴돌듯 맴맴
온 나라 총질 바람 태평양 너머 나방이 빛 둘레 맴돌듯
맴맴 돌고 돈다.

별들도 모두 숨을 죽이고 가만히 엎드려 있다.

2007년 4월 18일 수요일 밤 서하리 글방. 오늘은 광주 장날이다. 아내와 함께 시장에 가서 더덕 씨앗, 도라지 씨앗과 함께 율무, 돼지고기 등을 가람이 부부 온다고 해서 좀 사 왔다. 물김치용 알타리무 한 단, 메밀싹, 아주까리 씨앗 그리고 이것저것 쓸 물품들을 사왔다. 어제부터 이 나라는 미국 버지니아 공과대학교 총기난사 사건으로 들썩들썩한다. 총기 난사자가 한국인 유학생으로 서른두 명을 죽이고 자신도 죽었다. 한국에서 셋방살이를 하며 고생하던 홀어머니가 미국에 건너가 남매를 키웠던 집안이 풍비박산이 나는 장면이 눈 시리게 보여진다. 오늘은 아내가 정창영 총장을 향한 편지를 써서 부쳤다. 명예교수 건 해결 방법과 1억 원을 보상으로 준다는 결정에 대한 항의글이었다. 부끄럽고도 부끄럽지만 이미 던져진 마음들이다. 인천이 2014년 아시안게임 장소로 결정 났다고 난리들이다. 난리, 꽃 난리, 총 난리, 운동경기 장소 결정 난리, 온통 난리뿐이다.(342)

이기상 동쪽 별자리에 앉아(343)

태평양 호수 저쪽 호서라, 호수 서쪽
그 이쪽을 호동으로 불러 독수리 마음 눈길 넓히던
작가 박상륭 『칠조어론』으로 또는 『죽음의 한 연구』
내어 알고 알아가는 깊은 자리매김 이야기로 가꾸더니,
호서쪽 선사 찾아 삶 자리 이 몸통 저 날개
온갖 깃 비질하듯 쓸고 쓰고 다듬던 선사
배움 맑히는 높은 자리 동쪽 별자리에 앉아,
이기상 벌써 60평생 갈무리하듯 톺아
별빛 빛내는 벗들 모아 잔칫상 즐비하게
밤하늘 수놓는구나!

호동쪽 작은 반도 여기 우줄우줄
아는 일 밝히는 선사들 지금은 모두
에이비시디, 에이비시디 뒤에 가갸거겨 숨겨
아아 저쪽 아베쩨데 말솜씨 엄청난 흉내들로
여름날 청개구리 와글대듯 봄논갈이 씨월 씨월
잘들 아옹아옹 눈도 가리지 않고,
한 세월 배움터 제 물줄기 잦아드는데
이기상, 어디 저 단단한 몸매 속
자기 말 고르는 배움길 터
강단지게 내딛어 60에 어어
동쪽 별자리에 앉아 말갛게, 말갛게

두루마기 옷깃 잘도 잘 갈무리하는구나!

별은 밤에만 뜨는 것, 어둠 속에 묻혀
빛내는 몸 낮이면 낮대로 하늘 위 어딘가
반짝이며 반짝반짝 외롭게 떠
밝은 눈 기다리며 빛으로 감싸 출렁출렁!

낮에 뜬 별은 밤을 기다리지.
어둠을 걷어내 먼 눈길 누가 오시나
오늘도 이기상 그는 낮에 뜬 별빛으로 어둠
걷는 한 자리 빛나는 우리말 선사!

아픔도 슬픔도 외로움도 그는 자기 몸 홀로 남아
19세기 프랑스 농촌 노역에 평생 시달리던 짝쇠
돌밭갈이 짝소 잃은 절망 삼키던 큰 눈망울
조르즈 상드 우정론도 나는 그에게서 읽어 그 눈빛
데워 남들 비추랴 그윽하게 숨겨 갈무리함을 본다.

그 고운 마음자리 빛내는 동쪽 별자리
삼삼오오 늘어선 동문수학 제자백가
이기상 호동선사 깊은 앎의 우물 옆에 모여
예순 해 오늘 잔칫상 물리고도

요요한 저 깊이 속 푸른, 아아아 메아리
깊은 울림 우리 귀 쟁쟁 더 깊어, 깊어가리!

　2007년 4월 23일 월요일 새벽 4시 40분, 서하리 글방. 5월 12일 날짜로 박혀 이기상 박사 회갑 기념 논총 증정식이 있는 날이다. 나는 그날 같은 시각에 외우 김화영 교수 맏딸 혼인식이 있는 날이어서 미리 뒤를 눌러놓은 날이다. 아무래도 이날은 경사가 겹치는 날이로구나! 6년째 이기상 박사를 만났다. 한때 어려운 삶의 고통을 이겨내는 모습도 지켜보았고 아픔 자리를 갈무리하는 조용한 모습도 가만히 훔쳐보았다. 이 훌륭한 학자에게 내 글도 하나 엉터리를 보내어 축하하였지만 뭔가 아섭다. 새람이가 아직도 직장에서 돌아오질 않아 뒤척이다가 일어나 이기상 박사를 생각한다. 그 생각의 짧고 옅은 말을 골라 이렇게 일단 엮어놓는다. 생애의 60년을 기념하는 날이니 축하하는 글인 셈이다. 다시 손을 대볼 참이다.(343)

시골 빈 집 마당에 앵초꽃 한 그루(344)

빈집 마당가 매화나무 밑 꽃 한 그루 부끄러운 몸태
이웃집 아주머니 주인 몰래 살짝 두고 간 앵초꽃 한 그루
먼 무갑산 깊은 골 무더기로 핀 앵초꽃 보았노라!

한 그루 실례하여 빈집에 두고 간 아주머니도 앵초 꽃 닮은
연보랏빛 웃음 달고
시골집 빈 마당에 꽃들이 모여 합창한다.
새들도 가끔씩 들러 어두운 안방 기웃하고
나비들 조선배추 잎 알 까는 몸놀림 너울거려
동네 할머니들 마당에 들러 핀 꽃들
눈 맞추는 풍경 봄 뒤편
시골은 자주 빈집에 꽃들이 핀다.

2007년 4월 29일 일요일 서하리 글방. 어제는 앞집 호성이네 아버지가 텃밭을 갈아 엎어주는 길에 이주삼 교수가 구해다 실어준 참나무에 심을 표고버섯 종균이 모자라 이야기를 했더니 바로 1200개든 종균을 가져다준다. 아내와 순식간에, 이미 파놓은 구멍에, 이 종균을 넣고는 호성 청년 어머니가 하는 호프집으로 달려가 와장창 마셨다. 술 마신 다음 날은 언제나 좀 외롭고 우울하다. 옆집 아주머니가 앵초꽃 두 그루를 가져다 놓았다. 아내가 놀라 이걸 정성껏 심었다. 동네 할머니들이 우리 집엘 들렀던 모양인데 집이 비어서 그냥 마당께만 답사를 하고 가셨단다. 시골은 이래서 사는 즐거움이 있다. 가끔씩 음식이나 야채들도 마당가에 놓이곤 한다. 아직도 살아 있는 따뜻한 농촌 풍경이다. 그걸 적어둔다.(344)

하루하루가 다들 그렇게 (345)

해가 가고 달이 지고 바람도 불어
땅위에 꽃잎들 누워 잘들 잠드네!
흙속에 묻은 콩, 튀어 자란 깨는 싹터
하루하루가 다들 그렇게 바쁘고, 바쁘게
그 긴 나날들 보내느라 부질없는 한숨만 쉬고
나만 그런 힘찬 나날과 마음 병든 나날들을 뒤섞었나?
하루하루 흐리면 어둡게, 밝으면 밝게 보낸 것 아닌
그런 나날들로 그대들 또
일생을 다했노라 그렇게 하루하루
다 보냈노라 써야 하는지.

내 앞에 선 너를 보는 의식화 그걸
의미라고 중얼거리던 학자들 하루하루가
야속하게 떠나가고,
캐득거리며 웃던 눈매 고운 모든 젊음도
땅에 떨어져 누운 꽃잎처럼 하루하루
그렇게 보낸 나날들 속에 스러져가는구나!
시우는 해와 달을 모두 네가 닮아 둥글다가
눈썹만 해졌다가 사라지는 그런
하루하루 다들 그렇게
이 산마루 고갯길 넘어서는구나,
속절없이, 거 정말 속절없구나!

2007년 5월 2일 새벽5시 50분을 넘어서는 시각, 서하리 글방에 앉아 수요일을 생각한다. 오늘은 강의가 없는 날이다. 빚 갚을 마감 날이 지나가버려 마음이 천근이지만 그래도 하루하루가 속절없이 지나가는 소리는 듣는다. 내일은 김의규 아우가 뺨소설 애기꽃 패들과 자리를 만들었다고 꼭 오란다. 모레 금요일에 이세기 선생이 김수명 선생을 불렀다고 꼭 만나 술 마시잔다. 어제는 비가 좀 와서 대지가 축축하게 젖었다. 러시아에 갔던 강수진 학생이 귀국하여 전화가 되었다. 연대 러시아어과 4학년생. 작년에 내게 계절학기 강의를 들었던 학생이고 정찬, 박범신, 윤대녕 등과 같이 술 마시던 활발하고 머리가 좋은 학생이다. 반가웠다. 그저께는 세종대 가는 길목에서 매지리 국문학과 졸업생 송효정을 만나 놀랐다. 세종대 경영학과 조교로 취직이 되었다고 했다. 모든 만남이 번쩍번쩍 지나간다.(345)

구름 뜬 바다에 말뚝 박기 (346)

바닷길 먼 지평선 위에 구름 둥둥 떠
아득한 삶의 설움 어우러지면
말뚝 하나씩 박아 바다 둘레 울타리로
뚝딱뚝딱 아들딸 낳아 여남은 명 쯤 나란히
줄 세워 바다 썰물 썰고 날 때 알아
외롭고 막막한 나 그 자리 막아줄 말뚝들 든든하여라!

어쩌나 한두 말뚝 뚝뚝 부러져
울타리는 물로 새고 외로움만 가득 담겨
다시 말뚝 박기는 뭣하고 뭣해
네가 사는 설움 가득가득 차더라도
사는 바다는 아득한 지평선 너머 저
구름 낀 푸름 못내 아쉽게도 아쉽구나!

구름 낀 바닷가 듬성듬성 샌 말뚝 사이로
다가가기 뭣하고 뭣해 아직도 남은 고된 발길
설움 가득한 눈길로 네 아득한 바다
하염없이 마냥 바라만 보는구나!

2007년 5월 3일 목요일 광개토관 621호실. 오늘 돈을 좀 꾸려고 우리은행에 들렀더니 이미 나는 존재 값이 반의 반절로도 미치지 못하게 떨어져 있다. 자식들 생각이 문득 났다. 아침 새람이 차로 출근하던 때였다. 시무룩한 막내딸도 이제는 제 발길 따라 하염없이 삶의 고된 길 굴리느라 입을 봉한 걸 보니 별안간 중국의 한별한결 모두 생각이 명치를 친다. 공연한 짓들로 자식을 낳았구나 하는 참담한 생각! 망망대해에 떨어진 내 신세가 딱하구나!(346)

5월 나무 숨 냄새(347)

5월 숲들은 장엄하게 잎 깃발로 나부끼고
냄새 그윽한 에엥 진한 그 잎냄새
가슴속 깊숙이 들어와 5월
물 길어 익힌 나무 숨 쉬는 소리
쩌렁, 향기 맑은 김으로 서린 내 미처
숨 쉴 틈이 없구나!

2007년 5월 6일 서하리 글방. 그저께는 이세기 선생과 김수명 선생과 함께 모였는데 이호철 선생까지 합세하여 엄청나게 마셨다. 막걸리류였는데 도무지 깨질 않고 어제까지 곤혹스런 술앓이를 하였다. 고아라, 성은혜들이 온다고 하더니 서은경이 최영헌 판사 남편과 아이들 ; 재용이 주영이까지 모두 집엘 왔다. 그저께는 술에 취해 귀가하던 길 지하철 안에서 넘어진 오른쪽 무릎이 시퍼렇게 멍들었다. 오늘도 하루 종일 빌빌대면서 집 안을 뒹굴다가 밖엘 나갔더니 뒷숲 참나무 숲에서 숨 쉬는 나뭇잎들의 숨 냄새가 어쩌나 강렬한지 드디어 나무들의 철임을 알게 되었다. 대단한 나무 숨 냄새였다. 깊은 숨 쉴 수 있어 좋다. 어제, 한 달 전쯤 내가 보낸, 편지에 대한 봉월이 편지 답장이 왔다. 잘 지낸다고들 한다. 모두 건강하고 행복해야 할 터인데!(347)

바닷가 모래성(348)

아득한 바다
푸른 물가 모래밭 넘실넘실
작은 아이 오래 앉아 꾸물꾸물
지은 모래집 하나
파도 썰물 밀려오는 소리
찰싹이는 집터 차례로 쓸려나가 빈
자리 하나 둘 늘고
집 자리 뜨락에 꽂아놓은 깃대
사무치는 깃발 하나둘
스러져 빈터
아이는 멍하니 바다를 본다.

바다 나부끼던 깃발
아우성도 사라진 바닷가
한 아이 우두커니 서서
밀려오는 저녁 어스름
짙은 노을빛 보고 있다.

2007년 5월 7일 월요일 아침 서하리 글방. 어제 그제부터 아내가 구역질을 보인다. 심한 스트레스, 역한 자기 참음이 있을 적마다 찾아오는 몸의 반항이다. 갚아야 할 은행 빚 독촉이 싫은 것이다. 더는 막을 방법이 없을 때 저렇게 내게 시위를 한다. 나는 속수무책인 채 밀려오는 파도 물결 보듯이 멍하니 바라볼 수밖에 없다. 내게 경제권이 없었다. 내 존재 경영을 잘못한 것 같다. 아내에게 모든 돈 관리를 시키지 않았더라면 오늘 이렇게까지 막막하지는 않았을까? 월급 통장을 통째로 맡긴 내 생애에 남은 것은 이런 아내의 구역질이다. 사방을 둘러보아도 내게 길은 없다. 많은 아는 사람 얼굴을 떠올려봐도 닿을 수 없는 거리에 그들은 있다. 아득하다. 간디를 읽는다. 오늘은 간디를 발표할 차례다. 거인! 박영준 선생님께 드리는 편지를 어제 좀 썼다. 오늘도 이어서 써야 한다. 어제 제7회 윤동주 시문학상 심사평을 써서 연세대 기획실 김 주임에게 보냈다. 오늘 담날, 모레 하루치씩이라도 잘 살아야 본전이다. 본전치기!(348)

가뭄 비와 기분(349)

먼 길 타박타박 걸으며 가뭄을 견딘다.
헐떡이는 풀씨들 풀풀 날리는 흙먼지 가뭄
산모롱 길 걷다가 경안천 내도 건너고
바짝 마른 풀 삭정이 짓밟아 헤쳐
두엄 내 풍기는 곳을 따라간다.

고추 모종 두 판, 토마토 한 판 거름 짐 위에 싣고
내달아 부지런 떨며
모종 땅에 꽂아 지주도 그럴듯한 바람에 하늘하늘
투닥대며 한두 방울 내리는 가뭄 비
마당 적시던 비 빛깔 고운 돌팍 위에 반짝인다.

고추모 옆 강낭콩, 토마토며 비죽 나온 감자 싹들
눈 들어 비 맞는 풍경 내 마음에 스며
너는 농부인가 묻는다.
가뭄은 어찌 땅과 돌, 사람 마음에도 갈증
그 목마름으로 유유한지
오늘 저들 우줄대며 비 맞는 흙속에 든
식물들 보며 차오르는 배움길
길 걷고 내 건너던 발길 내지르며
잠길 재촉한다.

가뭄에 빗소리 달콤하여라 들뜬 잠길
아득한 기분 되어 잠길 달려간다.

2007년 5월 9일 수요일 12시 5분 전 서하리 글방. 지난주에 벌써 갈아놓은 텃밭에 고추, 토마토 등속의 모종이 없어 심지 못하다가 아침 7시경 일어나 대문을 열다가 보니 앞집 아주머니 부지런히 고추모를 심고 있다. 느지막이 일어나 경안천 건너 길에 있는 모종 농장에 부부는 갔다. 꽤 먼 길을 돌고 돌아 경안천 내도 건너 고추모 100개, 토마토 모종 50개들이 모판과 거름 다섯 포를 사서 집에 와 부랴부랴 모두 다 심었다. 마침 박경혜 선생이 와서 그분이 꽃 사진 찍는 사이 우리 부부는 마지막 손질로 지주도 박고 버팀줄도 매어 놓았다. 일이 끝나자부터 비가 오기 시작하더니 저녁식사 후 박 선생이 가고 나서도 비는 좀 더 왔다. 흙이 얼마나 젖었는지는 아직 모를 일이지만 그래도 오늘 심은 고추모와 토마토, 벌써 심어놓았던 콩이니 감자, 호박, 상치, 파 등속의 야채들은 기분들깨나 좋아 보였다. 한참 청개구리조차 우느라 난리들을 쳤으나 새람이가 늦게 오는 모양 이 글방에 오니 비는 그쳤고 시간은 여전히 지나간다. 이 상진 박사가 전화하였다. 15일이 스승의 날이라고 하였나? 모두들 만나자고 약속하였다.(349)

5월 등나무와 오동나무(350)

오늘 아침 나는 살육의 톱질을 한다.
누군가를 택하여 하나를 누른다.

아득한 크기로 솟은 오동나무
오랜 세월 모진 비바람 견디고 앙상한 몸체로 꿋꿋하게
하늘 머리에 인 채 잎 몇 개로 서 있다.
5월 하루, 허공을 감은 줄기들 가슴 조이고
다리께 어름에서쯤 뱅뱅 돌다가 허리로 기어 발발
오른 등나무 가슴으로 목줄기까지 뻗어 푸른 잎들로 몸을 덮
는다.

나무가 나무에게 서로를 비난하여 가로되
내 몸 타고 오른 너
어찌 그리 무서운 기세 나를 누르나
그 무슨 당신 같잖은 소리
너나 나나 먹고 살기엔 내 하늘 네 땅
제국주의 양키들의 시퍼런 눈빛,
저 정치 도당들 싸움질 내려다보시게
내 뿌리도 같은 땅속에 묻어 일하고
네 뿌리 또한 그 민중이라는 땅속에 있질 않나?

나는 네 몸통이 필요하고 너는 내 줄기
푸르른 기운으로 청청한 몸통 자랑하지 않나?
같잖은 소리 옥신각신 저 나무 조폭 소리 내 밤잠 설치게 시
끌벅적
아침 톱으로 등나무 밑줄기 쓱싹쓱싹 잘라 나는
아침 5월의 길을 간택한다.

5월의 오동나무 휘감던 등나무
남을 타는 버릇 흉보며 서툰 톱질
쉬운 톱질 하나로 잘려간다.
나는 5월을 택하여 살육의 아침을 맞는다.

5월은 시퍼런 살육의 계절인가 보다.

2007년 5월 13일 일요일 아침 서하리 글방. 어제는 김화영 교수 맏딸 혼인식이 윤보선 고택에서 있었는데 우중충하던 날씨가 비를 뿌려 김 교수 애깨나 태웠다. 그래도 행사는 잘 끝내고 우리들 몇몇 은 근처 설렁탕집에서 저녁을 곁들인 소주를 마셨다. 김주연, 김치 수, 권영빈, 이강훈, 오생근 이렇게 모여 아쉬운 대로 그 첫차로 끝 내고 헤어졌다. 오늘은 아침에 일어나니 화창한 5월이다. 아내가 가 리키는 곳을 보니 오래된 오동나무를 타고 굵은 등나무 줄기가 무 성하다. 톱을 들고 가서 겨우 줄기 밑동을 잘랐다. 어제 신문 기사 에는 한나라 도당 이명박, 박근혜, 열린우리당 노무현, 문희상 등까 지 나와 대권을 놓고 줄다리기하는 꼴들이 꼭 조폭 행퉤를 닮았다. 도대체 그들이 뭐하는 인생들인지를 알지 못하겠다. 그저 천해 보 일 뿐, 왜 그리 천덕스러운지! 등나무 밑동을 자르며 저것들도 그렇 게 썩둑썩둑 잘라버리고 싶은 마음뿐이다. 지난주부터 정찬의 〈오 월의 두 초상〉 팩션 드라마를 학생들에게 보여주었다. 다음 주도 그 걸 보일 계획이다.(350)

제6부

봄을 밟고 여름 위에 서서

8년생 나무 백일홍(351)

네 속에 든 나무를 생각해보라
근 20여 년 넘게 이 집 저 집 옮기며 끌고 다닌
참죽나무 곤혹스런 땅 이사하며
저 울울한 원주 매지리 뒷산
발그스레 벗은 처녀 살빛 같던 아름 소나무 둥치하며
정릉 2층 집 마당에 심어놓고 막걸리깨나 먹이던
아담한 소나무 그 주변에 즐비하게 자라던
눈에 밟히는 나무들 모두 네 마음속 둥지 삼지 않았나?

오늘 너는 길가에 헐벗은 몸 꼴로 선 나무 한 그루
나무 백일홍에 눈독 들여 값을 묻고는 비싸다고 투덜대는구
나!

이미 지난날 1년생 나무 백일홍 눈에도 차지 않은
세 그루 사다가 꽂아놓은 그 나무 서기 어린
가늘고 가는 허리 마음에 안 차
8년생 나무 백일홍에 눈독 들이나?

올해 네 아내가 심은 꽃모종하며 여러 풀씨
두 손 열 손가락이 다 모자라는 숫자로 네
마음속에 피어올라 무럭무럭
자라는데 너는 아직도 욕심 부려

8년 된 나무 백일홍 분홍빛 꽃 무덤 젖가슴 훔쳐보듯
슬금슬금 비싸다고 투덜대며
그 나무 욕심 부리나?

5월 나무 욕심은 끝 간 데 모르는 푸르름
오늘 네 욕심은 그냥 접어 고이 세월 기다리는
날로 자라는 마음 크기로 한 세상 엿보시게나!

2007년 5월 15일 화요일 아침 일찍 광개토관 621호실. 6시 50분 버스로 학교에 출근하고 보면 8시에 도착이다. 『현대시학』에 실린 시들을 읽으며 울적하여 오늘 학교에 오면서 나무 농장에서 보고 또 보고 하던 목백일홍 나무를 생각한다. 8년생이라는데 15만 원이란다. 왜 자꾸 저 나무에게 눈이 가는 걸까? 사치! 바로 그거였다. 저 지난주에 천 원에 세 그루를 사다 심은 나무 백일홍은 잎커녕 살아 있는지조차 기미를 내비치지 않는다. 그래도 그것들 자라는 모습을 지켜보리라 세월아 가보자! 오늘은 스승의 날이라는데 나를 찾아오겠다는 제자들이 있다. 이상진, 김명석, 이승윤 등인데 내가 무슨 잘난 스승이라고 이러나들! 5월의 몸살기!(351)

천둥번개(352)

모든 몸짓 다 이유 있다고 하였나?
천둥번개는 왜 치나
외로움 번쩍 두려움으로 바꿔
벌벌 떨게도 하여 잠시 그렇게
외로움 잊게 하려고 천둥이나
번개 하늘을 가르며 울고 우나?
5월 어느 날 하루 날 잡아 천둥
우르릉 탕탕 번개 번쩍이며
내 마음속 어딘가 아림으로 숨겨든다.

───❧❧───

2007년 5월 16일 정오 앞, 광개토관 629호실. 오늘은 재단 이사장
과 점심 약속을 박춘노 국장이 마련하여 나왔다. 그런데 날씨가 흉
흉하게 어두워지더니 천둥번개를 번쩍이며 치고 난리다. 비가 쏟아
질 모양이다. 모내기 딱 맞는 비다. 어제는 세 직제자들 이상진, 김
명석, 이승윤 박사들이 여길 와서 안쓰러운 모습으로 둘러보고 우
리 집엘 가서 마음놓고 막걸리를 퍼마셨더니 도무지 깨지를 않는
다. 이 일을 어째?(352)

쥐에게(353)

드디어 네가 잡혔구나!

작년부터 너를 잡겠다고 온갖 꾀 다 썼던 날들하며
막내딸 방 천장에서 부스럭대어 잠 못 이루겠다고
다 큰 몸으로 엄마 아빠 방 뛰어들던 곤혹스러움하며
작년에 사다 괴어놓은 두 개의 틀은 한 해가 다 가도록
멸치 걸린 채 빨갛게 녹슬어 세월만 기다리고 있었다.

여전히 우리 방 벽들 긁적긁적 깔쭉깔쭉
신경 긁던 너
우연히 다시 구운 멸치 걸어놓은 덫
발갛게 녹슨 덫 그곳에 잡혀 네가
드디어 움쭉달싹 못 한 채 갇혔구나.

막내딸 너를 보고 예쁘다고 칭찬하며 기르자고 한다.

막상 밉살스럽던 너 가여운 몸태로 웅크리고 있는 꼴 보니
미움은 가시고 측은하여 너를 어찌할 줄 몰라
곰곰 생각에 생각을 더듬는다.

놓아주자니 다시 우리 괴롭힐 건 뻔할 뻔
죽이자니 내 마음은 상처로 살아 살육의 죄

뒤집어쓸 일 괴로워 너 드디어 잡힌 커다란 쥐
네 자식들 아낸지 남편인지 기다릴 일 나도 익히 알지만
우선 생각 거듭하며 너를 가둔 채 버려둔다.

드디어 1년 만에 잡힌 너
불쌍한지고 너 나를 괴롭힌 쥐여!
빠알갛게 녹슨 덫에 닫힌 쥐여, 쥐여!

───── ☙❧ ─────

2007년 5월 18일 금요일 오후 서하리 글방. 어제는 이상규 원장 만나러 방화동에 가서 신나게 마시고 먹었다. 김옥순 박사가 낸 복요리와 술로 많이 취한 채 다시 2차로 옮겼다. 박경혜 선생, 신숙희 과장, 3차는 노래방이었다. 늦게 집에 왔다. 어제 지하철에서 아내의 문자 메시지를 받았다. 그렇게 내가 놓은 쥐덫에 쥐가 치었다는 소식이었다. 무척 기뻤는데 막상 잡힌 놈을 들여다보니 불쌍해 못 견디겠다. 내일 신숙희, 김옥순, 박경혜 선생들이 온다고 한다. 박 선생 그 쥐덫도 사진 찍겠단다. 내일까지는 두었다가 처리할 판이다. 김명숙 씨에게 이 고문 사실을 알렸더니 미물이니 방면하라고 해서 전화로 나를 1년 동안 괴롭힌 이야기를 변명 삼아 하였다. '그렇다면 그놈 고생시켜도 되겠네요!' 한다. 새람이는 오히려 귀엽다고 기르자고 한다. 내일 재판에 회부해야 하겠다.(353)

소금(354)

새파란 바다로 넘실거리던 물
너는 대양을 오가며 몸에 적신 염분
3%로 수많은 물고기들 키워왔거니,
3도의 바닷물 둥구미, 별들과 눈맞춤하던 흐름
바닷가 염부가 만든 평평한 밭 누태에 갇혀
태양과 눈씨름하며 5도 염분 다시 15도 짠맛으로 몸을 감는
구나!
계단식 누태, 편차 클수록 결 고운 소금 결 빛나는 반짝임
염부의 숨소리 들리는 듯 넉가래질
햇볕과 바람 물결 속에 춤추듯 움직이는 염부의 바닷물
결정지에 이르러 25도 염분으로 흰 소금이 눈처럼 쌓이는구
나!

바다와 햇볕 바람이 숨 쉬는 물결
너는 햇볕과 눈짓하며 입맞춤하던 생명
아무도 네 변신의 비밀 의심치 않고
저 망망한 대양의 푸름이 눈빛처럼 빛나는
하얀 물질, 25도 이상의 염분, 생명이어라!

아아 누가 너를 인격의 잣대로
썩지 않는 올바름 네게 매겨

성경에 기록 변신의 기쁨 이야기하였나?

신비하여라!

생명이 물질임을 너는 네 몸 되어 바로 보여주는구나!

　2007년 5월 20일 일요일 서하리 아내 글방. 옆집 대학생 최현정이 숙제로 받은 시 쓰기 제목이 「소금」과 「비누」란다. 비누는 대강 썼는데 소금은 도무지 써지지가 않는다고 한다. 정찬의 『희고 둥근 달』 작품집에 수록된 빼어난 단편소설 「폐역을 지나 부서진 다리를 건너」에 나오는 염전 이야기가 하도 인상적이어서 전날 이 비슷한 시를 한 편 썼었는데 소금 만드는 과정의 밭 이름을 적지 않아 불만이었다. 그래서 오늘은 현정이가 보낸 문자 메시지에 자극받아 아예이 소금 만드는 과정을 그려놓는다. 위 책 134쪽에는 바로 태양과바람과 염부들의 움직임 이야기가 인상적으로 나온다.(354)

쥐덫(355)

쥐덫에 갇힌 쥐가 웅크린 채 내게 묻는다.

내 비록 네 방 머리맡 벽을 갉죽이며 바스락거린 죄
있다고 치자,
네 막내딸 방 천장에 둥지 치고 우리들 쥐 가족 화목하게
사는 소리 비록 시끄럽다고 놀라 야단깨나 치는 걸
우리 죄라고 치자
깃동 우리가 사는 게 왜 너에겐 싫은 건가?
너희들 목숨은 귀하고 우리 쥐들은 살 만한 가치
그런 값 없다고 주장할 생각인가?
마르크슨가 누군가 인도는 카스트 제도로 부패한 나라
도덕적 잣대가 없는 종족이니 그들
인도는 식민지 삼아 노예로 부려도 괜찮다고
그렇게 엉터리 평등을 지껄이던 꼴통처럼 너도
우리 같은 미물 쥐는 죽어야 된다고 생각하는가?
바로 너희만을 위해서 우리 목숨
벌건 대낮에 살금거리며 숨죽여 살아온 우리 쥐
날쌘 족제비, 두려운 뱀들 눈 피해 살살 걷던 명상하는 나
나는 지금 네가 놓은 쥐덫에 걸려 곰곰
이 문제를 생각한다.

정말 쥐인 나는 이 세상에 살 이유도 가치도

뭐라고 지껄였더라, 거 왜 네 집 안마당 벽 천장
에서 마땅히 사라져야 할 그런 죄수란 말인가?
　네 재산 크게 축낸 적도 없고 네가 갈무리한 검은 콩 자루 좀 헤치고
맛본 죄밖에 없는 우리로다!

사람이여, 사람이여 도대체 너는 누구냐?
악독한 너 사람아!

　2007년 5월 21일 월요일 아침 서하리 글방. 그저께 쥐덫에서 죽어
간 쥐를 꺼내느라 아주 힘들었다. 어깨 쪽이 쥐덫 위쪽에 눌어붙어
도무지 떨어지지 않았다. 그걸 묻어 치우고 나니 마음이 자꾸 그쪽
으로 쏠린다. 어제는 하루 종일 앓았다. 지난주는 지나치게 소모가
많았던 주였다. 박경혜 선생도 아마 몸살깨나 앓았을 거다. 그 먼
곳에 사는 김옥순 선생. 신숙희 씨들을 다 집까지 데려다 준 모양이
니 오죽했을까? 마음들이 무겁다. 쥐도 그렇고!(355)

무당벌레와 나와 감자(356)

붉은 등에 흰 반점 검은 반점깨나 예쁘고 예쁘게
그린 몸으로 감자 싹에 앉아 그게 성콘지 교민지
짝짓는 일 나누고 먹이는 네가 앉은 자리 그 감자 잎
잘근잘근 씹어 씹히는 대로 감자 잎은 노랗고 노랗게
감자 몇 알 노리는 농군은 네가 앉은 자리마다 잎들 삭고
삭아
너를 보는 족족 잡아 발에 밟아 짓뭉개는데,
무당벌레 너야 무슨 죄 있으랴!

문제는 내가 그 감자 싹을 아끼고 아껴
그 싹으로 길어 올린 광합성 열매 땅속에 묻힐
무더운 여름 지나 감자 캐는 환호성 소리
그 몇 번의 즐거움과 별로 즐기지도 않지만 감자 요리
몇 번의 즐거움을 위해 너를 밟는다.

하지만 나는 이렇다.

벌레 이 벌레만도 못한 사람짐승 날아와 홀연히
옛 조선 땅 감자밭마다 못된 성교, 교미질로
농군들 마음 울리는 한미 자유무역협정인가 뭔가 하는 거 무
당벌레
마음껏 날아들 감자밭은 온데간데 없어질 그날

언제 오려나 마음 졸이다 조리고 성내며 너를 밟는다.

예쁜 무당벌레, 네 아름다움만큼씩이나 네가 앉는 자리
거덜나는 감자밭이 두려워 옛 조선의 농군은 너를 밟는다.

아침 점심 저녁나절 모두 네가 날아든 감자 잎
보살피며 오늘도 나는 너를 밟았구나, 밟았어!

❧❧

2007년 5월 21일 월요일 저녁나절 서하리 글방. 학교에서 돌아와 석 줄로 심어놓은 감자밭을 나가본다. 감자 잎은 구멍이 숭숭 뚫리고 너 무당벌레들은 거기 앞에 앉아 교미들을 한다. 보이는 족족 잡아 발에 밟지만 기분이 썩 좋은 것은 아니다. 네 몸에서 나는 그 노린내며 그게 모두 내 비위를 상하게 한다. 그래서 잡히는 대로 밟아 뭉개고 뭉갠다. 2007년 5-6월호 『녹색평론』에도 이 FTA 이야기들이 아주 자극적으로 나와 있다. 미국의 더러운 자기 욕심이 눈에 선한데 그게 꼭 무당벌레를 닮아 보여 기분은 더욱 나쁘다. (356)

불 밝은 대낮 5월(357)

5월은 맑고 밝아 눈이 저절로 감긴다.

쩌렁쩌렁 울리며 쏟아지는 햇볕
눈부셔 검은 테 안경으로 눈 가리고
건물 한복판 드높은 자리 승강기도 재빠른
곳곳마다 불 밝혀 낮
5월의 대낮 각방마다 불 밝혀 아아
드디어 우리도 문명국가라 선진국
저 야만 시절 어두운 대낮들 어찌 참아왔는지 누구도 아무 말
묻지 않는다.

미국을 두어 번 드나든 선생 어느 날
가로되 종이 소비가 많은 나라일수록 문명
저 찬란한 문명국가라 으스대며 어깨를 으쓱거리다.

나는 요즘 미국이 야만 중의 야만
미친 나라라고 학생들에게 가르쳐 가로되
남을 짓밟고 빼앗는 무기 장사로 떼돈 벌어 늘
허기증에 시달리는 미친 사람들로 우굴우굴
5월 대낮에도 전깃불 밝게 켠 방에 앉아 나도 점점
점점이 미쳐가고 있음을 알겠다.

5월의 문명은 방방이 대낮에도 불을 밝힌다.

2007년 5월 22일 화요일 광개토관 621호실. 오전 강의를 마쳤다. 이폴리트 떼느의 『영문학사서설』 속 종족, 환경, 시대 이론을 불러 주면서 풀이하였다. 대낮에 불 밝힌 방에 앉아 있으니 나도 미친놈이라는 생각이 저절로 든다. 눈부신 대낮의 불 밝은 방. 문명이라는 이름의 미친 증세를 생각한다. 오늘은 원주엘 갈 생각으로 박경리 선생께서 사다 주신 넥타이를 매었다. 내일은 박경리 선생을 뵐 생각이다. 적조하였으니까!(357)

철학자 김영근(358)

아하 드디어 당신도 벌써
우주 한 그물 눈길을 떠난다고……?
사는 일에도 정년은 있는 것인지
당신 만나러 가는 길목에서 거듭 생각한다.

사는 일속에 밝게 알아 뭔가
그런 게 있는지 길을 찾아
여기저기 서쪽 독일 어느 곳 기웃기웃 이리저리
눈길 보내곤 하였지.

그대 한 세월 수많은 눈동자 밝은 눈총
젊은 삶들 돌보며 곱게 아름다운 마음
고르면서 어느 핸가 눈물도 강물처럼 흘려
마음 깊은 고뇌 아아 자기 고뇌 어둠 속에
어르며 뚜벅뚜벅 잘도 걸었지.

그 굳던 마음의 일손 힘줄 놓고 그대
망망한 없음 속에 다시 걷는 발걸음 아주 캄캄하게
앎의 어둠 여전히 아른대며 그대 부르리!

당신 이제 그 곱던 마음길 뒤에 두고
아스라이 당신 스스로 찾던 공활한 길 자유라 그 휘황한 날개

날개 달고, 달고, 또 이어 달고
찾던 배움 길 뚫아 훨훨 날아
뒤에 두고 간 그 앎 씨앗 고운 마음 씨앗
거목으로 울울창창 서는 길
빙긋이 웃으며 입술에 단 행운
그대 오래 믿고 빌고 따르던 하느님께 바치고
바치고, 무릎 꿇어 바치면서 그리 하리!

그대 이곳 비록 떠나도
밤 별빛 여전히 밤꾀꼬리 거느린 채 찬연하게 빛나고
낮이면 낮대로 온 누리 빛으로 바람으로
살랑이며 삶과 죽음의 신비 속삭이리!

그대 이제 두고 갈 빛과 어둠
묏새 거느린 술 풀들과 거기 엉힐 이슬조차 고스란히 따라와
가만히 속삭여, 그대 잘 살고 있노라
미쁘다 칭양하리니 그대여 김영근 그대여
그대 언제나 내 마음속 깊은 우물 속
따뜻한 울림으로 늘 살아남으리!

2007년 5월 24일 목요일 서하리 글방. 부처님오신날 휴일이다. 그저께 김영근 교수 정년퇴임 기념 모임에 갔다가, 막판에 윤덕진 교수와 만나 과음하였다. 어제는 박경리 선생님 모시고 이인재 박사가 낸 소갈비 점심으로 긴 이야기와 정을 나누었다. 김명복 선생 윤덕진 선생, 임성래 선생이 오붓하게 이야기와 점심을 즐겼다. 김명복 선생이 부인 우환 때문에 무척 약해졌다. 모두 그를 위해 마음을 모았다. 보기 좋았다. 위의 기념시는 그저께 가는 버스 안에서 대강 써서 읽어주고 왔다. 그런데 어제부터 목이 아프더니 고뿔이 내 몸에 들어와 앉았다. 고뿔 손님 대접에 최선을 다해야 할 판이다.(358)

손님 (359)

내 몸에 손님이 들었다.
그래 꽤 오랜만에 든 당신
내 몸에 들어 편안하게 숨 쉬고
열심히 네 자식들 키우려
몸 이곳저곳 들락거리며 콧물도 정신없이 쏟아
눈물까지 콧물 따라 흐르고 흘러
몸 전체가 손님 마음대로 그 숨결 번져
재채기와 기침은 물론 열까지 드높이 올라
내 몸을 둥지 삼는구나!

그래 아주 오랜만에 든 손님
내 비록 가난하지만 당신 대접에 소홀할 수는 없겠구나!
우선 몸을 방에 눕혀 몸의 온갖 땀구멍 열어
땀부터 흘려 당신을 편안하게 대접하리라.
해열제라는 약도 시간 맞게 먹어 당신
오랜만에 든 손님 대접에 소홀함이 없기를
그리하여 당신이 편안히 쉬다가 떠날 날
나도 가벼이 일어나 당신 배웅할 그때
내가 혹사한 몸에게 사과도 할 겸 네게 고마움의 표시로
내 몸부터 편안하게 누워 쉬게 하리라! 고마운 손님
당신 오랜만에 내 몸에 든 손님
편히 쉬다가 곧 내 몸에서 나가 저 네

고향 훨훨 날아 집으로 가기 빌고
콧물 훌쩍이며 또 빈다.

2007년 5월 24일 초파일 목요일 저녁나절 서하리 글방. 아내가 선생 집엘 다녀왔다. 나는 오랜만에 든 고뿔 손님 대접하느라 하루 종일 끙끙대며 누워 보냈다. 그제 어제 무리한 몸이 허약해진 모양이다. 목이 칼칼하더니 드디어 콧물이 마구 쏟아져 땀도 줄줄 흐른다. 해열제를 세 번째 먹으며 얼큼한 김치콩나물국으로 몸을 덥히며 손님 대접을 하려고 한다. 내일이면 이 손님도 나가기를 빌 뿐이다. 비가 주룩주룩 내려 밖은 풍치가 여간 이쁘지 않다. 박순희와 강은미, 김명숙 들에게 안부 문자를 보냈더니 순희가 전화로 몸이 좀 아프다고 알린다. 은미와 명숙 씨도 하루 일상을 알려 무고함을 알겠는데 순희 건강이 마음을 찌른다. 몸도 무리하는 삶을 살고 있으니 원!(359)

고수(高手)(360)

네 삶의 앞 뒤
옆 오른 쪽 왼쪽 온 사방 둘러보아도
보이는 것은 집채 같은 짙푸른 파도
뾰족뾰족 둘러친 어름 뫼 설산 병풍처럼 늘어서
발걸음 하나하나 자유롭지가 않구나.

너는 허리에 칭칭 그 뭐라나
자폭 티엔티 하나 덩그러니 매달고
세상 덮힐 유혹 눈짓하나 뒷거래로 더럽혀질
나락 뒤로한 채
설산을 모두 넘어서려 하는구나!

네 발 걸음 언제나 둔하고 마음속
외침만 드높아 아아
허리에 두른 자폭 폭약에 언제 불붙이랴?
결코 너는 거기 불붙이지 않을 것.

너는 허리에 칭칭 두른 들썩이는 자진 욕망 하나
덩그러니 매단 채 삶의 저 아득한 괴로움
모두 하나씩 헤쳐, 헤쳐 가시밭 길목
걷는 그 험한 생애 한복판
설산 지옥 속에 너는
하염없이 덩그러니 서 있구나!

2007년 5월 26일 토요일 2시 서하리 쪽 글방. 어제부터 앓고 있는 고뿔 손님 대접하느라 바쁘다. 눈물 콧물 재채기, 온몸이 땀으로 뒤범벅된 삶의 한복판에 앉아 있다. 어제 새람이가 제 어미에게 뭔가 드디어 터뜨린 모양이다. 도대체 엄마는 어떻게 그런 험하고 어려운 길로만 살고 있느냐는 외침이겠다. 늘 빚 때문에 아이들을 모두 기죽여놓은 내게는 차마 대들지 않고 제 엄마에게 한소리 한 모양이다. 요 몇 달 막내딸이 일체의 말을 끊고 홀로 고통을 견디고 있어 보였다. 초저녁부터 감기 손님 대접하느라 앓고 누워 있다가 잠결에 인생의 고수가 사는 방식 하나가 머리를 감돌았다. 가난은 누구나 싫어한다. 가난이 주는 고통으로부터 자유로울 사람은 없다. 그래도 나는 결코 이 가난에 질 수가 없다. 자식들 모두가 마음의 덫이어서 아리고 불쌍할 뿐이다. 어제는 김경미 박사가 보낸 박제가의 시문학사상 책을 좀 읽었다. 18세기 그도 꽤나 고심하면서 살아간 인물이었다. 오늘은 이기상 교수가 하는 생명학회 발기대회에 간다. 김지하가 한다는 어느 살롱인데 마음이 썩 내키는 것은 아니다. 하지만 이제 이 나이 들어 무얼 하겠는가? 그런 일도 마다 않을 생각이다.(360)

덩굴식물 성질(361)

우선 너는 남의 몸을 칭칭 감는다.
네가 감은 다른 몸통의 나무
그 크기를 네 것으로 삼아 너
덩굴아, 덩굴아 너는
가시조차 날카롭구나, 날카로운 네 가시와 무성한 잎들로
너는 마치 네가 그리스인이나 된 듯
로마인이나 된 듯 찬연하게 빛나
네 몸 가지 빛내 남의 기운 먹는구나!

너는 네 버릇 남의 몸 감는 재주
틈틈이 다른 나무 몸통 탈 궁리만으로
덩굴손이나 대포 미사일로 온 세상
다 너로 덮어 네 나라
덩굴나라 만들어 미운 짓
온갖 악행 덩굴손으로 행하는구나!

아직도 지구에 네가 감길 몸통 지닌 나무
어디 있나 여기저기 네 덩굴손 눈빛
번쩍이며 반짝이는구나!

2007년 5월 27일 일요일 서하리 글방. 고뿔 손님이 이제 좀 힘을 빼어 나갈 준비를 하는 모양인데, 으, 손님이 내 몸의 기운을 다 빼먹어서 내 몸이 나른하기가 엄청나다. 정신은 멍멍! 밖에 나가 토마토 줄기를 줄로 묶어 쓰러지지 않도록 아내와 함께 밭 정리를 하였다. 텃밭 발치에 있는 커다란 향나무 둥치를 감고 올라가는 이상한 덩굴식물 밑동을 내가 가위로 모두 잘라버렸다. 자르면서 나는 곰곰 생각한다. 제국주의 나라 모두가 다 이 덩굴식물과에 속하는 물건이 아닐까? 상업주의를 최상의 덕목으로 만들어 사람들을 모두이 자본의 노예로 만들어가는 미국, 유럽, 일본을 중심으로 한 제국주의 모두가 다 이 덩굴식물에 속하는 짐승들이라는 생각이 가슴을 친다. 덩굴손! 제국주의 미국! 가위로 자를 수 없어 안타까운 악당들!(361)

무당벌레도 난다(362)

서하리 정현기네 집 바깥마당 지나면 밭고랑 흐른다.
세 고랑의 감자밭, 다섯 고랑의 콩밭, 강낭콩에 서리태 두
어 줄
심어놓고 아침저녁 눈 뜨면 나타나 어슬렁어슬렁 당신
감자밭에 날아드는 무당벌레 겉날개 속날개 고이 접고
죽은 듯이 감자 잎 갉는 비밀을 못 참아 한 손으로 잡아서는
패대기치거나
굳은 땅에 내려놓고는 밟는다.

왜 이 아리따운 무당벌레
기름도 전자장치도 없이 어디로부터 날아들어
단독정부 다스리는 정현기네 밭에 와서 저렇게 무참한
죽임으로 참살당하나?

태평양 저쪽 어느 나라 펜타곤이라나 뭐라나
무기상들에게 주문하여 시시때때 공포의 무기
만들어 지구 방방곡곡 왕왕 울리며 지축을 흔들거나
인총들 단잠깨나 설치게 하는 무당벌레 닮은 날것들
오늘도 서하리 감자밭 여린 잎에 앉아
붕붕대다가 또다시
손바닥에 찔끔 노란 물 찍 갈겨
냄새를 피우지만 작은 몸체

날렵한 몸통 바닥에 동댕이쳐진 채
짓밟혀 죽는구나!

너 펜타곤제 무당벌레는 이 밭에서 나가라
내 감자밭에 다시 오지 말라! 말라!

2007년 6월 2일 토요일 서하리 글방. 드디어 5월도 다 갔다. 이번 학기도 다다음 주로 기말고사다. 교육부가 행할 세종대 임시이사 선임 문제로 새 재단사무국이 신경깨나 쓴다. 주명건 전 이사장이 다시 쳐들어올 모양이다. 대법원에서 이미 상지대학의 무지막지한 전 이사장의 손을 들어주었다. 지금 이 세상은 친일 세력과 그 뒤를 이은 친미 세력 가진 자들 농단으로 아주 더럽게 회귀한다. 한나라 당 극우패들, 박정희 도당, 개발 이념으로 돈깨나 벌어 황금의 재미를 누리는 패들이 완전히 장악해가고 있다. 미국의 나쁜 세력 등에 탄 이들의 횡포가 눈에 띄게 뚜렷해지고 있다. 한심한 꼬라지들이 벌어지고 있다. 내 집 자식들 형편도 말과 희망들을 잃고 묵묵하다. 나는 외롭다.(362)

열무김치 (363)

서하리 마을 6월 초 해는 서산에 뉘엿뉘엿
깔따구들 밤일 찾아 애앵 비행하는 날
텃밭 한 고랑에 난 열무 뿌리조차 산삼 닮아
이리저리 실뿌리 끝 땅 기운 머금어 싱싱하구나.

오늘 저녁은 돼지고기라도 삶아 먹을까!
열무 두 뿌리 조선배추 두세 뿌리 뽑아 들고
감나무 밑 봄, 여름 내내 자라던 부추 한움큼 베어
아내 손에 이 날 재료 넘어가고 나는 하염없는 나와 나의 밖
을 본다.
부엌은 잠시 분주하게 이 저 그 양념들 섞이고 섞여
겉절이 김치로 얼큼하게 밥상 그득한 풀들 마주 앉는구나.
뫼 끝에 난 금강초롱 창밖 밤길 밝히는 하얀 꽃대롱, 너
눈길로 빛과 아름다운 향기 따 모으며 아내와 마주 앉는다.

6월 첫 나날 해는 서산에 뉘엿거려 땅거미
종종걸음 치는 날 서하리 157번지 아늑한 시골
흙집에 앉아 열무 겉절이 김치 입에 넣으며
산삼 먹는다고 중얼거리는구나!

너는 늘 이렇게 산삼 닮은 풀들로 네 삶

어려운 고단함 잊는 구실 삼아 지는 해
해 지는 6월을 견뎌 참아 버티고 견디는구나!

———— �� ————

2007년 6월 2일 토요일 저녁나절 서하리 글방. 오늘은 아침부터 저녁까지 하루 종일 잠 속에 들었었다. 온몸이 노곤하고 왼편 어깨가 여전히 아파 잠만 자고 일어나 밖엘 나가니 후끈거리는 열기가 몸에 다가서고 깔따구들조차 빙빙 날아 아내를 질겁시킨다. 밖에 나가 감자밭 무당벌레 네 마리를 처치하고 앉아 저녁식사 이야기를 한다. 열무 두 뿌리를 뽑아 드니 뿌리가 제법 먹음직스럽고 조선배추들도 뿌리가 산삼 뿌리처럼 튼튼하게 실하다. 실뿌리째 물에 닦아 얼큼하게 겉절이 김치를 만들어 삶은 돼지고기를 아내와 같이 앉아, 웃으며 먹으니, 산삼 먹는 것과 같다는 생각에 6월 초 하루를 보내는 서하리 삶을 이렇게 옮겨놓는다. 오랜만에 김정수 교수와 긴 전화로 이야기하며 웃었다. 늘 웃고 말할 수 있는 벗이니까!(363)

봄을 밟고 여름 위에 서서(364)

아내 입에서 덥다는 소리 나오면 이미
봄은 물러선 뒤끝 툭하면 덥다, 덥다 입에 올리다
무엇이 더우냐 물으면 묻던 나의 몸에도 이미
여름은 빙긋 웃으며 보라 저 여름 물살 헤치며 뛰노는 바다
벌거숭이 여름 장사들 가진 손나팔로 더위 부추기고
숭이숭이 벌거숭이들 흰 살결들 눈부시게 출렁이는 바다
저 중얼대는 노략질꾼들의 고함소리 뒤로 한 채
나는 추워 이 여름 추워 밤 두더지 새벽 땅굴 파듯
방 속으로 움츠리고, 움츠리고
밖의 꽃밭 서성이며 나도는 아내 이마
송골대는 땀방울 보며 아하
여름이 왔구나, 내가 밟고 선 이 나날들
땡볕 폭죽 소리 요란하게 지글 지글거려도
거려도 거라고 거려도 정말로 지글거려도
나는 땅굴 속 어둠 속 추위에 떨며
내가 밟고 선 이 혹독한 여름 추위를 떨며 바라보는구나!

2007년 6월 4일 광개토관 621호실. 강의하러 왔다. 다음 주면 기말고사 기간이다. 벌써 한 학기를 보낸 것이다. 여러 사람들이 머리에 떠오른다. 김화영, 김주영, 김주연, 김 씨들이 주로 머리에 떠오르네! 별들은 이미 밝음 속에서 몸을 숨겼다. 밝게 밝힌 연구실에 앉아 곰곰이 내 삶의 나날들을 생각한다. 몸 상태가 좀 나아졌지만 그렇게 개운하고 깨끗한 상태는 아니다. 지난 주 내내 고뿔 손님이 내 몸에 와서 좀 분탕질을 친 탓이겠거니 한다. 좀 외롭다.(364)

식민지 시인들의 부산한 눈 굴림(365)

삶은 철학으로 보아야 보이는 것
철학은 플라톤을 지나 칸트에서 헤겔을 넘고
마르크스나 데리다 라캉을 거쳐 들뢰즈에 이르면 대강
 식민지 지식인들 한참 숨 고르기 바쁘고 바빠
 철학은 뭐라 해도 저들 거라야 되지, 노예 거느린 선진강국
선진, 앞서간
 뭘 앞서간 건지도 모르는 채 앞섰다고 앞장서서 중얼중얼
 식민지 얼간이 시인들도 말 다루는 솜씨 그 시 씨앗 속
 들뢰즈의 철학적 말씀 박아 보석처럼 반짝이게 은은한
 말발굽 아래 갈퀴 휘날리고 펄럭이며
 내 눈은 저 위대한 철학 숨소리 눈높이에 떠 있다고 떠 있다.

 식민지 시인은 눈이 멀었다. 자주 눈이 멀어
 식민지 백성임을 스스로 고백하여 실토하고
 내 눈은 이미 멀어 종주국 철학자들 일거수 일투족이라
 손짓발짓 모두 흉내 내어 내 시 속에 위대한 철학 들었는데
보라
 휘황한 말 무덤 가에 피는 자리공 말 풀 대궁으로 펄럭펄럭
 오늘도 많은 식민지에 발 디딘 시인들은 눈이 먼다.

2007년 6월 7일 오전 광개토관 621호실. 아침에 새람이 차로 학교엘 왔다. 그저께 화요일에는 김달진문학상 시상식과 탄생 백주년 기념 강좌가 고려대학교에서 있었다. 세종대 국문학과 학생들과 술 마시기로 약속한 날이어서 이 학생들을 고려대로 오라 이르고 나는 먼저 가서 엄원태 수상자 심사평과 상을 건네주는 역할을 끝내고 학생들이 와서 함께 저녁을 보냈다. 이날은 이상수 장관도 오랜만에 만났고 문정희 시인도 만났다. 최유찬 교수도 만났는데 2차에 오기로 하였는데 오지 않았다. 김윤식 교수도 만났다. 학생들은 임주환 군, 권혁복, 주정현, 전소라 네 명이 왔다. 김명숙 씨도 오랜만에 흔쾌한 술자리를 같이 하였다. '호질'에서는 이상수, 최동호, 김경미 등 고대패들이 모였고 내가 일부러 불러들인 김의규 아우와 유재원까지 합세하여 새벽 4시까지 마셨다. 나는 높은 음 자리로 노래를 쏟아내어 불렀고 기분이 너무 높이 올라갔었다. 오늘 아침에는 그때가 부끄러워 계속 중얼거렸다. 집에 오니 5시가 다 되어간다. 호질 양지은이가 제 차로 데려다 주는 대신 4만 원을 내게 주었다. 집에 와서 6만 원 주었다. 어제는 김정수 교수 부부가 집에 와서 즐겁게 점심식사를 하고 갔다. 오늘도 김수연 교수 만나기로 약속하였다. 어찌 되려는지!(365)

명품은 명가만 알아본다(366)

거 정말 귀한 명품이로고!
내가 없고 너도 없어 아버지 어머니 바느질 장난감 만들던
솜씨
멀리 저 멀리 떠나가 대기업 공장 폐수로 녹아
오직 이름 내어 퍼뜨린 장인 이름만 남아
값비싸기 하늘 찌르는 아찔아찔
몸과 어깨, 걸치거나 신고 멘 날렵한 몸짓
오늘도 삐딱한 명품 구두 위에 발 얹어 구름처럼 가벼이
아아 가벼워라 가벼운 명품족
아이트마토프의 만쿠르트들
방뎅이 살래살래 흔들며 눈 높은 명품
높이 건들대며 걸어간다. 명품이 걷는다.
깔깔깔 저 봉황기 높이 든 대재벌 눈높이
돈 높이로 치솟아 까마득한 금빛 넘쳐, 넘쳐
깔깔깔, 깔깔 깔깔깔 깔깔, 깔깔!

명품은 빈 자루 속에서만 빛이 난다.
영혼도 정신도 빈 자루 번들대는 눈
하얗게 바래 이름난 이름으로 가득
가득한 사람에게 명품은 안기고 쓸려 빛난다.

명품과 쓰레기는 대체로 같은 족속이다.

명품만 알아보는 명가 또 쓰레기와는 같은 족속
깔깔대며 그런 머리 빈 사람 주머니 비우는 악당 그윽한
웃음 방방대며 21세기 거리 뒷골목을 누빈다, 누벼!

2007년 6월 8일 금요일 광개토관 621호실. 어제 무리하여 걸어서
그런가 무척 피곤하다. 오늘은 어제 김수연 박사 만날 약속이 파토
나는 바람에 드뎌 못 만난 백규서 사장과 만나기로 한 날이다. 아침
에 조홍윤 박사와 약속하였다. 오늘 둔촌동에서 만나기로 하다. 명
품에 대한 생각을 적어둔다. 야만인들이 만들어 뿌리는 쓰레기 상
업주의에 대해서!(366)

푸른시인선 011

기우뚱기우뚱

초판 1쇄 인쇄 · 2018년 4월 10일
초판 1쇄 발행 · 2018년 4월 15일

지은이 · 정현기
펴낸이 · 한봉숙
펴낸곳 · 푸른사상사

편집 · 지순이 | 교정 · 김수란
등록 · 1999년 7월 8일 제2-2876호
주소 · 주소 · 경기도 파주시 회동길 337-16 푸른사상사
대표전화 · 031) 955-9111(2) | 팩시밀리 · 031) 955-9114
이메일 · prun21c@hanmail.net
홈페이지 · http://www.prun21c.com

ⓒ 정현기, 2018

ISBN 979-11-308-1328-8   03810

값 10,000원

기우뚱기우뚱

정현기 시집